I DRAGHI LO FANNO SPORCO

GEMMA CATES

Traduzione di
ROBERTO FELLETTI

I draghi lo fanno sporco
Gemma Cates
Copyright © 2021 Catherine G Cobb
Tutti i diritti riservati
Titolo originale:
Dragons do it Dirtier

 Creato con Vellum

SUI DRAGHI E AFFINI, UNA STIRPE MALEDETTA

I draghi mutaforma sono sempre uomini.

Non è sempre stato così.

A un certo punto, in un passato molto lontano, la specie dei draghi era simile a molte altre creature magiche, con sia maschi sia femmine che nascevano in numero approssimativamente uguale.

Ma da molti secoli ormai, da un accoppiamento di draghi nascevano soltanto bambini maschi.

Secondo le tradizioni, un drago maschio tradì la sua compagna, una dragonessa che era anche una potente strega. Il cuore di lei andò in pezzi a causa delle azioni disoneste del suo infedele compagno, e lei usò la sua stessa morte per dare potere a un incantesimo. Lei esercitò la magia sulla specie dei draghi, con lo scopo di risparmiare alle femmine della specie la desolazione di un'unione spezzata in modo innaturale.

Quella che, ai suoi occhi, fu una benedizione, salvare tutte le altre dragonesse dall'angoscia che lei aveva sofferto, diventò una maledizione per l'intera specie dei draghi perché nascevano sempre meno femmine, finché alla fine non ne rimase nessuna.

I draghi furono costretti a cercare altrove le loro compagne.

Col passare degli anni, diventò chiaro che c'erano davvero poche femmine con le quali essi potessero creare un legame d'accoppiamento.

A mano a mano che il tempo passava, le civiltà crescevano e l'umanità si diffondeva sul pianeta.

Già ridotta di numero, la specie dei draghi affrontò una nuova sfida: nascondersi agli occhi dell'umanità.

Diminuendo di numero, gli unici draghi che rimanevano erano quelli che discendevano da stirpi in grado di nascondersi ai non magici.

Ed essi potevano prosperare soltanto se riuscivano a trovare delle compagne.

Così si nascosero tra gli umani, e cominciarono a cercare.

TAYLOR

S tasera mi sarei fatta scopare.

Sarebbe successo.

Se ce l'avessi fatta a uscire dal profondo e oscuro abisso del "grande parcheggio" del bar.

Comunque volesse chiamarlo il cartello, era un campo fiocamente illuminato con un sentiero di ghiaia che voleva essere una strada.

Dovevo solo uscire e scegliere una serata movimentata per il mio progetto di prevenzione della "riverginizzazione", detto anche Fatti Scopare Subito. Puramente casuale. Il tipo di bar, d'altra parte, non era affatto casuale. Volevo un posto in zona che fosse tutto fuorché esclusivo.

Avevo cercato "dive bar" su Google con il mio CAP, e Derek's era stato il primo a saltar fuori. Forse la pessima illuminazione faceva semplicemente parte del pacchetto – *e* una lunga camminata *e* buche da storte alle caviglie strada facendo.

In realtà non potevo saperlo, non essendo mai stata prima in un dive bar. E non avendo amici che fossero stati in un dive bar. O amici di amici. Forse gli amici di mio fratello? Sicuramente nessuno nella mia, in effetti, molto piccola cerchia sociale.

Ma i miei abituali posti per i drink e i tapas dell'-happy hour con gli amici non mi offrivano quello di cui avevo bisogno: scopare.

Mentre guardavo attentamente dove mettevo i piedi attraversando il parcheggio, avevo avuto la sensazione più inquietante di sempre che qualcuno mi stesse spiando.

Paranoia, ti chiami Taylor.

Probabilmente mi *stavano* guardando, ma quello non era strano. Ero lì *per essere guardata.* E, auspicabilmente, per trovare un po' di sporco – ma decisamente sicuro – sesso.

Non c'era niente di inquietante se qualcuno sbirciava le mie risorse.

L'unico motivo per cui mi ero messa in tiro era attirare gli sguardi e portare a casa qualche prospettiva fattibile.

I tacchi alti con i quali riuscivo a camminare a malapena.

La gonna che fasciava la mia pesca morbida facendola sembrare quasi armoniosa, non-proprio-soda-ma-ci-proviamo.

Il reggiseno push-up che praticamente faceva uscire dalla camicetta le mie coppe misura D.

Tutto perché soffrivo a causa di un lungo periodo di astinenza. Questa ero io a caccia, o almeno il meglio che potessi fare. Probabilmente, un dance club sarebbe stato meglio, ma... no.

Musica a volume alto, luci forti, persone sudate che si sfregano le une contro le altre. Il mio naso si era arricciato involontariamente.

Se non riuscivo nemmeno a pensarci senza fare una smorfia, allora nemmeno per sogno sarei andata in un dance club.

Avevo abbassato lo sguardo per accertarmi di non mostrare accidentalmente qualche parte. Di solito sono il tipo di ragazza jeans e ballerine. O magari jeans aderenti e stivaletti con una maglietta attillata.

Non stasera. Stasera sono tutta tette e culo.

Chi lo avrebbe mai detto che sarebbe stato più difficile di quanto sembrava?

Per cominciare, camminare con tacchi da sette centimetri e mezzo non è una passeggiata. Grazie al buon Dio che sta nei cieli, avevo scartato i sandali con il cinturino, tacco dieci, che la commessa mi aveva mostrato per un attimo. Le avevo detto che volevo scarpe per un appuntamento, non per passare sei settimane ingessata.

Avevo sospirato. Richiedeva molto lavoro questa faccenda della caccia all'uomo. E non volevo nemmeno un uomo intero. In realtà, volevo soltanto il suo pene.

Cazzo. Avevo sussurrato-mimato la parola prendendola dai miei libri di storie d'amore, giusto per provarla. Niente da fare, mi sembrava che non stesse funzionando per me.

Avevo fatto una pausa, controllando di nuovo le ragazze. C'era voluta un bel po' di concentrazione per offrire una vista allettante delle mie tette e allo stesso tempo fare in modo che non uscissero dalla camicetta. Magari c'era un trucco. Mi ero presa l'appunto di cercare poi su Google.

Ma non stasera. Stasera l'avrei fatta sporca con un ragazzo fortunato.

Forse.

Ripeto, finora era stato tutto molto più difficile di quanto pensassi.

Più dei tacchi e della potenziale messa in mostra delle tette, la mia pesca non era contenta della mancanza di scuotimento. La compressione non era amica del mio didietro.

Dare la caccia a un pene era così: molto lavoro.

Inoltre, avrei voluto che "pesca morbida" non fosse stata la descrizione preferita di mia nonna per la maledizione/dono di famiglia di avere il culo rotondo. Ce l'avevo in testa, e non me ne sarei liberata tanto presto. Ed eccomi qui, cercando di sentirmi sexy, cercando di entrare nella mentalità giusta e pensare al mio culo come a una pesca non mi aiutava di certo.

Mia nonna era avanti per il suo tempo. Non aveva mai sentito parlare di emoji, figuriamoci della varietà con connotazioni sessuali. Mi sarebbe piaciuto che l'avesse fatto, allora forse la pesca sarebbe sembrata più porno. Invece, avevo sentito la sua voce che mi consigliava modi per minimizzare la morbidezza della mia pesca.

"Ti voglio bene, nonna," avevo sussurrato. "Ma non c'è bisogno che tu sia nella mia testa mentre sto cercando di evitare la mia riverginizzazione."

Avevo evitato per un pelo di cadere per la terza volta quando ero stata distratta dal pensiero orrendo che avevo appena detto a mia nonna, morta e forse in paradiso, che stavo cercando un po' d'azione.

"Vabbè. Ne ho bisogno."

Contrariamente alle opinioni delle mie pallose amiche al lavoro, ne avevo sicuramente bisogno.

Inoltre, quello era esattamente ciò che mi toccava lavorando in uno studio di contabilità:

amiche di lavoro che rifiutavano di farmi da spalla in un dive bar e commenti giudicanti sul rimorchiare gli uomini.

Ero stata tentata di dire a Tammy, dell'ufficio Relazioni con i Clienti, che doveva starsene zitta riguardo alle mie scelte sbagliate, perché se avessi dovuto sostituire le batterie nel vibratore ancora una volta, avrei potuto piangere.

Un anno di sesso azionato a batterie è troppo lungo, e io rifiutavo di permettere all'umiliazione di un fidanzamento fallito di uccidere la mia vita sessuale.

Ma non le avevo detto niente di tutto quello. Non una parola, perché lei aveva avuto un infarto. Le avevo detto soltanto del dive bar e che cercavo "un po' di divertimento", e lei era diventata tutta giudicante nei miei confronti.

Basta condividere confidenze con la conservatrice Tammy. E Louise? No, non ero nemmeno stata tentata di parlargliene. Lei aveva cominciato a pregare per la mia anima proprio lì, nel mezzo della sala ristoro.

Avevo bisogno di due nuove compagne di pranzo.

Il genere che avrebbe ascoltato senza giudicare mentre confidavo dettagli piccanti riguardo la mia recente serie di sogni erotici.

Mi ero fatta aria sulla faccia, improvvisamente

calda.

Non potevo nemmeno pronunciare la parola "cazzo" ad alta voce; era sicuro come la morte che non ero mai stata il tipo di ragazza che chiede a un uomo "scopami forte adesso."

Tranne in quei sogni.

Sicuramente, non ho mai detto nulla di così *risqué* al mio ex fidanzato. Lui era uno da luci spente, sotto-le-coperte.

Beh, tranne quella volta che ho lasciato correre quando lui e Susie lo facevano nel suo soggiorno. Alla luce del giorno, niente coperte in vista.

Ma con me era tutto buio, sempre.

Avevo già cominciato a sospettare che non fosse così preso da tutte le mie curve come dichiarava, specialmente per il fatto che Susie aveva un didietro ossuto e tette minuscole. E io avevo ricevuto una bella occhiata, perché lei lo cavalcava come una campionessa, in stile cowgirl al contrario. Grazie per l'etichetta, Google.

Già, William non mi aveva mai ispirato sogni da scopami-forte-adesso. Non so chi avrebbe potuto farlo, perché oltre ad essere un gran figlio d'un cane, non sapevo molto sull'amante dei miei sogni. Non avevo mai visto la sua faccia.

Quei sogni erano un segno sicuro del mio bisogno di un po' di contatto fisico da vita reale... oppure un riflesso della qualità e della quantità delle storie d'amore che leggevo ultimamente. Ma probabilmente, per lo più, i miei ormoni si stavano scatenando e chiedevano un po' di pene.

L'altra cosa che era nuova riguardo a questi sogni?

Io, sicuramente, al cento per cento, non avevo mai avuto un orgasmo, provocato da un sogno, così intenso da svegliarmi – e con la patatina che ancora si contraeva dal piacere.

Mi ero fatta di nuovo aria.

Meraviglioso? Sì. Ma anche inquietante. E sicuramente, un altro segno che avevo bisogno di qualche momento di sesso reale.

Poiché non ci pensavo minimamente a uscire con un altro bastardo traditore, il sesso occasionale era la risposta.

Potevo farlo occasionalmente.

Potevo, perché ne avevo bisogno.

Alla fine, avevo messo piede su un marciapiede degno di questo nome, con un'illuminazione migliore.

Mi ero fermata davanti alla porta di Derek's, avevo stretto la piccola borsetta a tracolla che conteneva patente, bancomat, contante, lucidalabbra, telefono... e preservativi, e avevo fatto un respiro.

Potevo farcela.

Avevo bisogno di un pene, e probabilmente Derek's doveva esserne pieno.

Avevo fatto un respiro.

Il primo uomo ragionevolmente amichevole, ragionevolmente attraente, che avesse mostrato interesse avrebbe ricevuto un caloroso benvenuto.

Avevo aperto la porta ed ero entrata.

2

BAIN

Lei era carina, la piccola donna che avevo seguito dal parcheggio.

Più che carina. Sexy.

Tutta morbide curve e capelli mossi biondo scuro. Sembrava una dannata pin-up con quella forma tutta curve esagerata.

Non era molto aggraziata, ma con un culo e delle tette così, che importanza aveva? Avevo voglia di seppellire la faccia tra i suoi seni rotondetti. Di afferrare il suo culo abbondante e di sbatterla mentre lei ne supplicava ancora.

E quelle labbra. Carnose e imbronciate, ricoperte di qualcosa di luccicante che le faceva sembrare bagnate. Sarebbero state fantastiche chiuse intorno al mio uccello, mentre lei mi succhiava.

Ma quello non era il motivo per cui lei era qui.

Volevo una scopata sporca, e lei aveva stampato in fronte brava ragazza. Era quello che la rendeva sexy-carina *e* sexy-scopabile.

L'avevo guardata ancora. I tacchi alti modello "scopami", la gonna attillata, la camicetta scollata. Cazzo. Era sexy-carina *e* sexy-scopabile. Era meglio stare alla larga da una così.

Anche se aveva sussurrato "cazzo" mentre camminava barcollando lungo il sentiero.

Stava anche parlando con la sua nonna deceduta e si stava facendo un discorso d'incoraggiamento sessuale.

Era una brava ragazza travestita da lupo, e quello non era ciò di cui avevo bisogno.

Non stasera.

Forse mai.

3

TAYLOR

Non stavo avendo nessuna fortuna.

D'accordo, ero lì da appena cinque minuti e avevo trascorso gli ultimi tre alla toilette, ritoccandomi il lucidalabbra. Il quale era di un color rosa-pesca molto attraente. Avevo quasi deciso per la sfumatura mela-rossa-candita, ma la donna al banco dei cosmetici aveva detto che, forse, era un po' troppo per la mia carnagione chiara e i capelli color miele.

Probabilmente avrei dovuto comprarlo lo stesso, ma mi ero appena spostata nel reparto unghie e avevo preso lo smalto rosso più brillante e acceso che potessi trovare.

Non che la commessa lo sapesse, ma avevo provato una carica di trionfo ribelle. E quel rosso mi donava. Avevo alzato la mano alla luce.

Una donna con ciglia improbabilmente lussuose, che stava un lavabo più in là, mi aveva guardata come se fossi stata una svitata, così mi ero lavata rapidamente le mani, mi ero asciugata le unghie stupendamente smaltate e me l'ero data a gambe per evitare di uscire insieme dalla toilette.

A quel punto avevo dovuto affrontare lo stesso dilemma che prima mi aveva condotto alla toilette.

Fare gli occhi sexy a uomini estranei era più difficile di quanto pensavo sarebbe stato.

Stabilire il semplice, tradizionale *contatto visivo* con estranei poteva anche essere al di là delle mie capacità. Non uscivo con qualcuno dal college e quello era successo ere fa. Anche allora, William mi aveva approcciata. Mi aveva chiesto di uscire. Era stato lui a fare quel po' di caccia che era avvenuta.

Cavolo, ma quello non era il mondo nel quale attualmente vivevo.

Avevo bisogno di un po' di liquido che mi desse coraggio.

Evitando tutti gli occhi, maschili e femminili, mi ero diretta verso la salvezza dei miei piani per la serata: il bar.

Piccolo problema. Me. Io ero il piccolo problema.

Il bar era affollato, e io non sono il tipo di persona che dà spintoni. Non sono nemmeno il tipo di persona a cui la gente fa spazio. Con i tacchi posso arrivare a 1,70, ma nella vita di tutti i giorni sono 1,60 e agisco come una persona alta 1,60. Una persona di un metro e sessanta che non spinge.

Avevo sospirato e canalizzato il mio Io interiore, non introverso, alto, risoluto. In realtà non esisteva, ma io avevo finto abbastanza da incunearmi tra due donne più aggressive.

Però non riuscivo a incrociare gli occhi con la barista. Il suo sguardo continuava a scivolare dietro di me.

Volevo bere.

Avevo bisogno di sesso, e affinché ci fosse sesso dovevo stabilire un contatto visivo con un pene deambulante.

E prima di poter stabilire un contatto visivo, avevo bisogno di un po' di dannato liquore.

Mi ero alzata sulle punte dei piedi, mi ero sporta il più possibile senza toccare la superficie appiccicosa del bancone e...

Qualcuno aveva palpeggiato la mia pesca.

Ero caduta sulla superficie appiccicosa del bancone. Non avevo indugiato. Mi ero staccata da sola, ignorando persino eventuali danni alla camicetta, perché a qualcuno serviva una lezione di buone maniere. Il tipo per il quale avrei potuto mettere in pratica quella cosa che mio fratello Thom mi aveva mostrato, quella volta al liceo.

Mi ero voltata, pronta a colpire i ridotti attributi del molestatore con un attacco mirato se non si fosse scusato. Ma ero stata accolta da una visuale interessante.

Una montagna accanto a una talpa.

Una stupenda montagna d'uomo, con i capelli scuri e muscoli come si vedono nelle pubblicità delle palestre, teneva la sua mano enorme intorno al collo di un uomo più piccolo. Il tizio più piccolo aveva un naso che fremeva e occhi socchiusi. Una talpa in tutto e per tutto.

L'uomo montagna aveva flesso le grosse dita, e l'uomo talpa aveva squittito. "Chiedo scusa."

Le grosse dita del mio apparente salvatore si erano flesse di nuovo mentre lui stava per dire, "Per..."

Ma non avevo permesso alla piccola talpa di finire la frase. Ero troppo sconvolta per tenere a freno la lingua. "Hai toccato la mia pesca!"

L'indignazione mi rendeva stupida... oppure era per via dell'omone con le manone. Perché, oops. Le persone normali non chiamano pesca il proprio fondoschiena. Non in pubblico, almeno. *Grazie per quello, nonna.*

E in quel preciso momento, lo stronzo talpa aveva riso.

O meglio, aveva cominciato a farlo, ma il suono era stato troncato dal flettersi delle dita dell'uomo montagna. L'uomo più grosso si era sporto verso l'orecchio della talpa e aveva mormorato qualcosa.

Dopo un rapido ansimare, la talpa era riuscita a dire, "Mi scuso per averti toccato senza permesso."

Mi aveva palpeggiato inappropriatamente, lo avevo sgridato e lui aveva riso. E adesso si stava scusando soltanto perché l'uomo montagna lo stava minacciando di staccargli la testa dal collo.

Il mio sangue ribolliva.

Con un dito gli avevo punzecchiato il petto ossuto. "È a causa di quelli come te che il mondo va male. Dovresti solo ringraziare..." Avevo alzato gli occhi sulla montagna.

"Bain," si era presentato educatamente. Perché *lui* era il tipo d'uomo educato.

"Dovresti ringraziare Bain che è intervenuto." Avevo dato alla talpa un'occhiata che avrebbe convinto perfino mia nonna della mia intenzione di ricorrere alla violenza, e lei che pensava fossi tutta arcobaleni e bacetti. "Altrimenti il tuo bastoncino e le tue bacche sarebbero in un mondo di dolore adesso."

Bain aveva premuto saldamente insieme le sue labbra, come per prepararsi a dargli un'altra strattonata, ma si era trattenuto.

Poi si era voltato, con la mano ancora sulla talpa, aveva fatto due passi e si era fermato per sussurrare di nuovo all'orecchio dell'uomo.

Il piccolo uomo, praticamente, si era messo a

correre verso la porta non appena Bain lo aveva lasciato andare.

Bain era ritornato al mio fianco prima che potessi decidere se stessi ancora sbraitando, se volevo spezzare bastoncini per la rabbia o se ero semplicemente grata che quell'idiota si fosse scusato e se ne fosse andato prima di avere la possibilità di palpeggiare il culo di qualcun'altra. O peggio. Avevo rabbrividito.

Avevo teso la mano. "Sono Taylor. Piacere di conoscerti, Bain, e grazie per esserti occupato di quel tizio losco."

La sua mano aveva avvolto la mia, e io mi ero resa conto che non era soltanto grande. Era come un guantone da baseball. La sua dimensione era leggermente sconcertante. Ma poi ero stata di nuovo distratta dalla sua assurda sensualità e avevo dimenticato di essere stata intimidita dalle sue grosse dimensioni.

Dio, stava fumando. Lineamenti e barba corta ruvidi ammorbiditi da occhi graziosi con ciglia folte.

Ma poi c'era stato quello sguardo accigliato sulla sua faccia quando avevo detto "tizio losco", e avevo avuto visioni di una lezione degna di Thom.

Prima che potesse prendere la palla al balzo e impicciarsi degli affari miei, avevo tirato fuori la prima cosa che mi era venuta in mente. "E così, il tuo nome è Bain? Come il tormento della mia vita?"[1]

"No."

Avevo aspettato, ma era tutto quello che aveva da dire.

Va bene, allora. Questo non era un chiacchierone.

E mi stava ancora tenendo la mano.

Come se non volesse lasciarla andare. Ma non in maniera inquietante, perché avrei potuto tirarmi indietro... proprio quando mi ero resa conto che entrambi stavamo semplicemente tenendoci reciprocamente per mano.

Signore, quanto era sexy. Quella era la mia scusa. Qual era la sua?

Potevo percepire l'onda di calore che stava arrivando. Era iniziata nella zona toracica, poi si era spostata nel collo, sulla faccia, sulla fronte, nelle orecchie. Oh, no.

A meno che non volessi che quest'uomo del tutto benedetto nell'aspetto mi vedesse diventare di una sfumatura di rosa gomma da masticare, dovevo agire.

"Posso offrirti da bere?" avevo domandato.

Sembrava spiazzato dalla mia offerta.

"Ah..."

"È un sì, quindi." Grazie al Dio che sta nei cieli non aveva detto no, così avrei potuto impedire al mio rossore di soggiornare a lungo andando in cerca di qualcosa da bere per noi. Se prima avevo pensato di avere bisogno di un drink, adesso me ne serviva disperatamente uno.

Questa volta, quando stavo per farmi strada a spintoni verso il bar, magicamente la folla si divideva.

E quando avevo iniziato a fare un cenno per fermare la barista, non ce n'era stato bisogno. Lei era in piedi di fronte a me e mi chiedeva cosa volessi prima ancora di decidere tra un vodka cranberry e un lemon drop.

Mi ero girata per scoprire cosa avrei dovuto ordinare per Bain, e lui era proprio lì.

Una volta tolto il naso dalla sua vita – Signore, l'uomo era alto e profumava di un appetitoso aroma di cannella-cardamomo-fumo-spezie – gli avevo chiesto cosa gli piacesse bere.

Non stavo arrossendo. No.

Stavo ordinando da bere per un uomo, non sniffando il suo dannato-quasi-edibile profumo, e *non* arrossivo.

Aveva detto alla barista un marchio che non conoscevo, e io non avevo potuto fare a meno di pensare: *Perché accidenti no?*

"Prenderò, uh, qualunque cosa sia quello." Avevo rovistato nella borsetta per cercare il bancomat, così avrei potuto aprire un conto, ma lui mi aveva fermata mettendomi una mano sulla spalla.

Yum. Poteva toccarmi dappertutto. Mi ero fatta

aria in faccia, finché non mi ero resa conto che, in realtà, Bain stava parlando. Finalmente.

Inoltre, mi facevo aria con lui lì che mi guardava mentre lo facevo.

"Pago io i tuoi drink, stasera."

Non mi aveva permesso di offrirgli un drink, anche se gliene dovevo uno – o dodici – per avere liquidato il molestatore.

E non mi stava *proponendo* di offrirmene uno. Me lo stava *dicendo*.

E non mi stava offrendo *un* drink. Mi stava offrendo *tutti* i miei drink. *Per tutta la serata.*

Davvero insistente, già, ma nel verso giusto.

"Oh, puoi farlo." Avevo reclinato la testa e lo avevo guardato in quei suoi – salvami, Signore – bellissimi occhi verdi. Ciglia folte, sopracciglia elegantemente arcuate. "Cosa stavo dicendo? Oh, sì, stasera mi ubriacherò. Non puoi offrirmi da bere, perché ho intenzione di bere molto."

Bain si era accigliato.

Conoscevo quell'espressione.

Avevo un padre apprensivo e un fratello maggiore so-tutto-io.

Gli avevo messo una mano sul petto. "Quindi aiutami, se cominci a comportarti come mio fratello Thom, tu e io avremo da dire."

Quello gli aveva fatto sbattere le palpebre. "Non ho alcun desiderio di comportarmi come tuo fratello... Thom."

Gli avevo dato delle pacche sul petto, come si fa con un cane che è stato bravo.

Tranne che, sicuramente, non pensavo che fosse un bravo ragazzo. "Hai un torace davvero bello."

Aveva catturato la mia mano mentre essa si faceva strada – completamente senza essere guidata da me – sui suoi pettorali. Prima di fermarmi, avevo dato una bella palpatina a entrambi i pettorali e a uno dei suoi capezzoli dritti.

Avevo l'acquolina in bocca.

Volevo mordere e leccare quel capezzolo.

E i suoi pettorali.

Potevo scommettere che gli addominali fossero degni di uno spot pubblicitario di una palestra quanto il resto di lui.

Avevo lanciato una veloce occhiata in una generica direzione meridionale.

Oh. Mio. Dio.

Sì, grazie.

Se mai ci fosse stato un uomo che mi avrebbe "scopata forte subito", quello sarebbe stato il tizio. Mi avrebbe riempita, e fatto un buon servizio.

E ora che avevo sbirciato di nascosto il suo pacco – semi-eccitato, grazie molte, reggiseno sexy push-up – volevo veramente, ma veramente, che il suo uccello fosse il *mio* uccello per tutta la notte.

Uh-huh. Quella parola che avevo cercato di abbracciare prima era *tutto* ciò che cercavo. Cazzo.

Perché Bain non aveva una melanzana comune. E sicuramente non era un pene deambulante.

Era un cazzo che volevo cavalcare.

Qualcosa di questa bestia sexy d'uomo aveva liberato la mia dea del sesso interiore. Poiché non sapevo nemmeno di avere una dea del sesso interiore, quello era fantaaastico.

Non ero sicura del perché né del come, ma Bain aveva girato su on l'interruttore di tutta la mia sexy-ragazza, scatenando un po' di ormoni.

Non appena aveva lasciato andare la mia mano, le mie dita avevano cominciato di nuovo a sfregargli il petto. Era come una compulsione.

Aveva di nuovo intrappolato la mia mano.

Bain poteva anche essere così oltre la mia categoria che non giocavamo nemmeno il medesimo sport, ma quello aveva importanza quando lui sembrava interessato? Cazzo, non cercavo altro che un incontro occasionale, e ai ragazzi interessava solo quello, giusto? Specialmente al tipo di ragazzo come Bain. Il tipo di ragazzo esuberante, sexy-eccitante, che-può-avere-tutte-le-donne-che-vuole.

Bain si era avvicinato al bancone girandomi intorno. Aveva porto con destrezza una banconota di grosso taglio alla barista e aveva preso entrambi i nostri bicchieri senza farli gocciolare, né versarli, né sembrare lontanamente scoordinato.

Ancora meglio, avevo avuto l'opportunità di cogliere un'altra buona annusata di lui mentre si sporgeva.

Profumava di costosi dolcetti alla cannella e di fantasie notturne, e di uomo molto appetitoso.

Con i seni premuti contro il suo petto sodo, e i capezzoli turgidi che lo punzecchiavano, non potevo fare a meno di pensare a quei sogni.

I sogni del tipo scopami-più-forte-subito.

I sogni del tipo vengo-così-forte-da-essere-accecata.

Ovviamente, ero più che oltre i termini per qualche momento sexy, perché non avevo ancora nemmeno bevuto e intendevo placcare a terra quest'uomo e fare quello che volevo con lui.

Oltre la mia categoria?

Sì.

Garantito che fosse semplicemente un grande scopatore, come gran parte della popolazione maschile da appuntamento?

Assolutamente.

Me ne fregava qualcosa?

No.

Volevo soltanto una notte.

Una notte con il suo grosso corpo muscoloso – specialmente il suo uccello – tutto per me.

Tutta la notte.

Tutto per me.

La mia patatina stava quasi piangendo al pensiero. Mi ero spostata leggermente e avevo percepito l'umidità tra le mie gambe. Senza *quasi*.

Tornando al piano...

Una notte di prevenzione della riverginizzazione.

Poi lo avrei mollato prima che la sua educata maschera da cavaliere bianco andasse in mille illusori pezzi.

Poteva essere il mio uomo ideale: il tipo che avrei scopato e poi conservato nella perfetta ambra della mia memoria, e che non sarebbe stato mai più toccato dalla realtà.

BAIN

Dopo avere seguito la piccola bionda all'interno, non avevo potuto fare a meno di tenerla d'occhio.

Supponevo che fosse lì per incontrare degli amici, ma una volta dentro lei non aveva cercato nessuno. Inoltre, aveva attivamente ignorato ogni maschio single che l'aveva adocchiata sopra, sotto e intorno. Quel culo non poteva essere ignorato.

Lei sembrava essere sia da sola sia indifferente a tutte le attenzioni che stava ricevendo.

Guardarla era interessante da morire. Era un curioso mix tra il sexy e lo sgraziato, tra l'adorabile e l'incapace. La combinazione era stranamente affascinante. In realtà, non era affatto strana. Lei era fottutamente sexy, la mia precedente conclusione era ancor più palesemente ovvia all'interno, con più luce.

Mi aveva fatto sorridere – interiormente, almeno – e mi dicono sempre che non sorrido mai abbastanza.

Le parole di Archer e di Dex erano più del tipo: "Sei uno scontroso figlio di puttana in questi giorni. Rilassati."

Quello ero io, mi rilassavo.

Meno interessante era stato guardare un mutaforma roditore palpeggiarle il culo mentre lei cercava di richiamare l'attenzione della barista.

Gli avevo detto due parole relativamente educate che implicavano soltanto la minaccia della castrazione, non la decapitazione. E quando quelle parole avevano fallito nello scopo di fargli capire la serietà della situazione, gli avevo detto altre due parole, l'essenza delle quali era stata: "Mia."

Lei non lo era.

Non lo sarebbe mai stata, non nel modo che avevo fatto intendere al roditore. Mi ero già innamorato di una donna che erroneamente credevo potesse diventare la mia compagna. Perderla mi aveva messo in ginocchio – e lei non era mai nemmeno stata la mia vera e unica compagna. Avere la speranza di una compagna e perderla era stata una ferita ancora maggiore che perdere la donna.

L'intera esperienza aveva lasciato un retrogusto nauseante.

Ma la mia rivendicazione aveva avuto l'effetto desiderato senza dovere lanciare fuoco o spargere sangue, un adattamento necessario richiesto dal tempo e dal luogo nel quale vivevamo.

Lui si era scusato profusamente, promettendo di non farsi più vedere da Derek's.

Ma non prima che Taylor avesse avuto la possibilità di minacciare il suo bastoncino e le sue bacche.

C'era voluto uno sforzo per non ridere forte. Il mio umorismo non sarebbe stato apprezzato date le circostanze.

In questi giorni avevo poco da ridere, il che rendeva ancor più prezioso il regalo che lei mi aveva fatto.

Specialmente considerando la rabbia che mi aveva fatto ribollire il sangue soltanto secondi prima. L'uomo le aveva messo le mani addosso. Avrebbe meritato danni al bastoncino e alle bacche.

Ma poi il roditore era fuggito e io ero rimasto per contemplare… *la sua pesca.*

Non riuscivo a stabilire se fosse un riferimento erotico oppure…

No. No, non riuscivo a immaginare che lo fosse. Perché non era da lei.

Lei era adorabile, come lo era la sua dannata

pesca. Sia il suo culo delizioso sia la parola che aveva usato per descriverlo.

Fino a quel punto, era stato tutto relativamente innocuo.

Sì, avevo immaginato la sua piccola mano intorno al mio uccello, graziose unghie rosse e tutto il resto, quando lei si era presentata con una stretta di mano.

E mentre parlava, avevo immaginato, scopandole lentamente e delicatamente la bocca, il rosa umido delle sue labbra distese intorno al mio diametro.

Ma era ancora tutto relativamente innocuo.

Erano solo immagini che scivolavano nella mia testa, niente di più.

Poi si era offerta di pagarmi da bere.

Nessuno mi pagava da bere.

Nessuno lo faceva.

Qualcosa nel modo in cui mi presentavo agli umani impediva loro di offrire. Uomini, donne, non aveva importanza. Sospettavo che avesse a che fare con la mia natura. Sei tonnellate di drago sonnecchiante imbottigliate in un tizio possono fare quell'effetto.

Qualunque fosse la ragione, nessuno mi offriva da bere.

Nessuno mi accarezzava affettuosamente.

D'accordo, quel particolare tocco era diventato

sessuale in circa mezzo secondo, ma comunque l'impulso iniziale era stato di affetto.

I draghi non erano cuccioli da accarezzare.

Eravamo bestie focose da temere.

Il modo in cui lei mi trattava era veramente e fottutamente bello.

Ma d'altronde mi aveva palpeggiato i pettorali e stuzzicato il capezzolo con il pollice – decisamente sessuale.

E poi – avevo sorriso – poi la dolce e adorabile Taylor aveva dato una controllata al mio uccello.

Pur sapendo che era una brava ragazza, lei non faceva per me perché io stavo solo cercando una sveltina, e anche allora nessuno poteva biasimarmi per quello che sarebbe successo dopo.

5

TAYLOR

Mi aveva baciata.

Al centro di Derek's.

Davanti a Dio, alla mia cara nonna defunta, alla barista e a tutti i presenti.

La sensazione del suo calore premuto contro di me...

Le sue labbra sulle mie...

Il suo profumo sexy di cannella...

Mi piaceva.

Davvero molto.

Avevo fatto bene a indossare una gonna attillata. Se avessi messo un paio di jeans, mi sarei arrampicata su quell'uomo come su un albero, lo avrei sbattuto da quella lasciva tipa stramba che sono, e poi in seguito – dopo avere fatto venire la mia triste e piccola trappola di miele, assuefatta al vibratore, in una sottomissione di beatitudine – solo allora avrei potuto essere un pochino preoccupata che uno degli amici di mio fratello potesse essere da qualche parte nella folla, e che io potessi diventare oggetto di chiacchiere.

Però *indossavo* una gonna.

E *non avevo* scalato l'accidentata montagna del suo corpo.

Lo avevo soltanto baciato. E lui aveva baciato me.
Soltanto.

Non c'era nulla di piccolo o di insignificante nel bacio di Bain.

Lungo e lento. Famelico ed eccitante.

Non era pornografico (principalmente). Di nuovo, grazie alla gonna attillata.

Meno male che non avevo bevuto nemmeno un sorso di quel whiskey. I nostri due bicchieri erano ancora sul bancone, non toccati. Una quantità qualsiasi di alcol probabilmente mi avrebbe ribaltato dall'orlo della ragione e mi avrebbe fatto fare uno spogliarello per Bain il Bello, bar pubblico o no.

Buffo che volessi un po' di liquore per dare una regolata ai miei nervi, perché l'idea di abbordare un uomo sconosciuto mi aveva intimidita, e ciononostante limonavo con Bain in mezzo al bar senza un'oncia di coraggio alcolico.

Lui era più sexy di qualunque altro uomo presente di dieci volte, facilmente, eppure non avevo avuto problemi a stabilire un contatto visivo con lui.

O toccarlo. Avevo sfregato le mie tette contro i saldi muscoli del suo enorme petto.

E di certo non avevo avuto alcun problema a baciarlo.

Dio, la sua bocca.

Non potevo farne a meno; gemevo per lo squisito piacere delle sue labbra sulle mie.

E in quel momento aveva fatto un passo indietro. "Posso accompagnarti alla tua auto?"

Il che era un modo educato per dire: "Molliamo questo posto e andiamo a scopare come conigli?"

Wow, eccitatemi un po' (molto) e le scopate scivolano dritte nella mia testa. Prima i cazzi e gli uccelli, e adesso le scopate.

Mi piaceva.

No, lo amavo.

Avevo annuito, poiché lui stava aspettando pazientemente la mia risposta. Il mio sguardo era involontariamente sceso sul massiccio rigonfiamento nei suoi pantaloni. Forse non così pazientemente.

La calda mano di Bain sulla parte bassa della mia schiena era scivolata sulla curva superiore della mia pesca mentre lui mi guidava verso l'uscita.

Ero deliziata dal calore del suo tocco. Veramente

deliziata. Deliziata al punto da contorcermi e bagnarmi solo pensandoci.

Una notte. Volevo passare una notte con questo incredibile uomo eccitante. L'uomo perfetto per trasformare in realtà tutti quei vividi sogni sexy che facevo.

Le dita di Bain si erano spostate per impastare leggermente la carne del mio didietro.

Tutti i miei sogni.

Quelli in cui vengo scopata come si deve.

Quelli in cui vengo così forte da svenire.

Quelli in cui sono sudata e selvaggia.

Quelli in cui sono *soddisfatta.*

Grazie al Signore nell'alto dei cieli. Non c'è più bisogno di batterie.

Mentre contemplavo la mancanza di ragazzi alimentati a batteria nell'immediato futuro, eravamo arrivati alla mia auto. Sorprendente quanto fosse stata facile la camminata di ritorno. Sebbene distratta dalle sue abili dita, non avevo barcollato lungo il percorso perché lui era proprio lì, per sostenermi.

Mi ero voltata verso di lui e avevo intrecciato le braccia intorno al suo collo.

Lui non aveva chinato subito la testa, ed era sufficientemente alto da non poterlo baciare senza il suo aiuto. Invece, aveva scrutato il parcheggio.

Avevo inclinato la testa. Non era preso? Perché...

Un secondo fa i miei piedi toccavano terra, e il secondo dopo non più.

Prima che potessi pensare a qualcos'altro oltre a "Signore che stai nei cieli, sei così dannatamente sexy," Bain mi aveva tirato su la gonna intorno alla vita, le mie gambe intorno a lui, e la mia patatina assurdamente bagnata premuta contro. Maledizione alle gonne attillate, agli uomini alti e alla logistica.

E improvvisamente, ero riuscita a raggiungere quella sua bocca meravigliosa. Peccato che mi fossi distratta.

In questa posizione, ero intimamente vicina alla sua faccia. Avevo chiuso la mano intorno alla sua mascella coperta da una corta barba e avevo fatto scorrere le dita avanti e indietro, apprezzando il delicato raschio.

E la parte migliore era riuscire a vedere i suoi magnifici occhi verdi brillare di passione mentre lo toccavo.

Mi ero sporta in avanti, facendomi strada a baci dalla mascella all'orecchio. Gli avevo mordicchiato il lobo, e quando lui aveva grugnito e si era spostato sotto di me, ero passata al collo. Avevo leccato, morso e baciato finché lui non aveva catturato la mia bocca con la sua.

La compostezza che aveva mostrato prima, al bar, della quale non mi ero resa conto, era scomparsa.

Il bacio era stato frenetico e possente e famelico.

Così selvaggio, così eccitante, che avevo iniziato a sfregare la mia patatina contro Bain cercando semplicemente la giusta angolazione, la giusta quantità di frizione, la giusta... Sì. Bene così. Giusto così.

In lontananza la portiera di un'auto era stata sbattuta, e Bain mi aveva semplicemente lasciata cadere.

In realtà, non era vero. Con una velocità incredibile ma con mani delicate, mi aveva abbassata a terra sistemandomi la gonna.

Quando i miei vestiti erano stati più o meno presentabili, si era chinato e mi aveva baciata sulla guancia.

Il che era dolce, suppongo?

Ma poi i nostri sguardi si erano incrociati e io mi ero resa conto che non era dolce, per niente, perché il rimpianto gli si leggeva su tutta la faccia.

Avevo sollevato il mento.

Mi rifiutavo di avere rimpianti.

Quel bacio era stato *fenomenale.*

"Grazie, Taylor." Dopodiché era andato via.

Mi aveva *ringraziata* e *se n'era andato.*

E che cazzo?

Ero io?

Avevo abbassato lo sguardo sulla mia gonna tirata e la camicetta sgualcita. Impossibile. Era stato interessato; ne ero sicura.

E quando aveva detto "grazie," la sua voce era

stata nostalgicamente dolce. Come se dicesse davvero sul serio.

Quale uomo ringraziava una donna per un po' di preliminari e nessun orgasmo? Più uomini *dovrebbero*, perché, siamo realisti, baciarsi era stato fantastico. Però, in base alla mia esperienza, non era così che di solito funzionava il cervello maschile.

Avevo sospirato mentre scivolavo nella mia Fiat. Da quando farsi scopare era diventato così difficile? Era quello che succedeva dopo il college?

Alcuni mesi prima di laurearmi avevo conosciuto il mio ex, poi eravamo stati insieme, tranne una breve parentesi prima che lui mi chiedesse di sposarlo, per cinque anni.

Non avevo la minima idea su come frequentare qualcuno nel periodo post-college, nel mondo degli adulti. Ma a dire il vero, che importanza aveva? Non cercavo qualcuno con cui uscire. Cercavo l'opposto. Volevo soltanto un po' di pene.

Cosa che sicuramente non avrei ottenuto. Non stasera. Non dopo che Bain mi aveva accompagnata fuori dal bar e direttamente alla mia auto. Semplicemente non avevo in me la voglia di tornare indietro.

E maledizione, dopo avere conosciuto Bain non volevo nemmeno più un pene.

Volevo un cazzo.

Volevo il cazzo di *Bain*.

Sulla via di casa, mi ero fermata alla farmacia aperta ventiquattr'ore per comprare delle pile.

La confezione risparmio extra-large.

Odiavo così tanto la mia vita.

6

BAIN

Taylor Adams mi aveva spezzato il cazzo.

Non ero più interessato alle donne.

Non ero più interessato a scopare.

Ero stato *sempre* interessato a scopare.

Più che altro, era stata la mia missione, per ordine dei miei due migliori amici, Dex e Archer, scopare più donne possibili per togliermi di testa la mia ultima relazione. Negli ultimi diciotto mesi avevo fatto esattamente quello.

Dalla morte della mia ex infedele, la donna che pensavo fosse la mia compagna predestinata, mi ero divertito scopando via dalla mia memoria ogni traccia di lei.

Il perseguimento della perdita di memoria per mezzo di grandi quantità di sesso poteva essere iniziato come una specie di terapia contorta, ma poi era diventato semplicemente sesso.

Mi piaceva scopare. Perché non concedermelo?

Cynthia non perseguitava ogni mio pensiero, e apprezzavo il piacere di un corpo femminile.

Di molti corpi femminili.

O lo *avevo* apprezzato.

Fino a Taylor Adams.

Erano passate due settimane da quando avevo incontrato la piccola pin-up bionda, e da allora non avevo fatto sesso.

Non c'era altra spiegazione: mi aveva spezzato il cazzo.

Il mio telefono mi aveva avvisato dell'arrivo di un messaggio.

ARCHER: Esci con noi?

NON PROVAVO nulla del mio consueto interesse in una serata passata a bere e a rimorchiare donne. Che motivo c'era se il mio uccello non collaborava?

Solo alcuni baci e Taylor mi aveva trasformato in un monaco. Ero già stato senza sesso in precedenza, anche di più, ma c'era stata sempre una ragione. Una ragione *diversa* dalla mancanza di desiderio.

Lei era stata così dolce. Quelle lucide labbra rosa, perfette, e quei suoi occhi troppo innocenti.

E il calore. La sensazione del suo calore umido e tutto quel desiderio premuto contro di me bruciavano nella mia memoria.

Potevo ancora annusare l'odore inebriante della sua eccitazione. Se solo fossi stato in grado di toccare il suo calore. Assaggiarlo. Ma lei non era quel tipo di donna.

Era stato già abbastanza brutto averle quasi scoperto il culo mentre avevo la lingua giù nella sua gola in un parcheggio.

Lei era una brava ragazza.

Non si fa un ditalino in pubblico alle brave ragazze.

Non ci si fa una brava ragazza negli angoli bui di un parcheggio.

Ed è più che sicuro che farle cavalcare il tuo uccello non l'aiuta quando uno stronzo qualsiasi potrebbe passare di lì.

Comunque, io non lo avevo fatto.

Non lo avevo fatto.

Peccato che adesso il mio uccello mi facesse male per quello che aveva perso.

Maledizione. Adesso ero in tiro, pensando a come far venire la piccola, dolce Taylor sulle mie dita e con la mia lingua. Pensavo anche alla sua passera tesa che fremeva di desiderio intorno al mio uccello. Pensavo a riempirla con il mio seme.

Mi era uscito un gemito. Ero duro come una roccia.

Per lei.

Ma non per chiunque altra.

Mi aveva decisamente spezzato il cazzo.

ARCHER: Stronzo

Archer: Da Derek's, sì o no?

DEX E ARCHER sarebbero andati da *Derek's*.

IO: Ci sto.

IL FATTO che avessi accettato non aveva niente a che vedere con la possibilità di imbattermi in Taylor. Anche se l'avessi vista, avrei dovuto girare al largo. Lei non faceva per me.

Io stavo cercando soltanto una sveltina.

Se avessi potuto rimettere in partita il mio cazzo spezzato.

7

TAYLOR

C'era umiliazione, e poi c'era il fatto di essere stata rifiutata da un tipo eccitante dopo che lui aveva affondato la lingua nella tua gola e aveva messo una mano sulla tua pesca.

C'era imbarazzo, e poi c'era il fatto di dover ammettere con la tua giudicante collega Tammy che mentre eri andata in cerca di prede la sera prima, in realtà non eri riuscita a prevenire l'ormai inevitabile riverginizzazione.

Avevo davvero bisogno di essere più brava a mentire oppure cominciare a rifiutare di rispondere alle domande.

Inoltre, alla fine avevo deciso che Tammy non era mia amica.

Solo perché si stava avvicinando ai trenta (come me), lavorava per la medesima azienda e anche lei era single (non riuscivo a immaginare perché), non per quello dovevamo essere automaticamente amiche.

Recentemente, il suo comportamento nei miei confronti aveva messo in chiaro che *non* era, in effetti, mia amica.

Nuovo proposito: trovare *vere* amiche.

Preferibilmente del tipo che non stia dalla parte di quell'idiota infedele del mio ex fidanzato una volta che abbiamo rotto... se mai avessi un altro ex fidanzato infedele, che non avrei perché le relazioni sarebbero off-limits, rendendo quindi impossibile avere un fidanzato.

E le mie nuove amiche dovrebbero anche essere del tipo che non mi giudica se cerco di avere qualche soddisfazione sessuale. E sicuramente non dovrebbero giudicarmi ancor più duramente se fallisco in quella ricerca.

Per caso Louise aveva sentito parte della mia conversazione con Tammy, e adesso mi stava evitando.

Louise e io, più che essere amiche, avevamo socializzato. Il tipo di socializzazione sviluppatosi condividendo l'ora di pausa pranzo e la reciproca avversione per l'odore che fuoriusciva dal microonde. Era arrivata al punto da rivendicare il tavolo vicino all'odioso microonde nel tentativo di evitarmi a pranzo.

Tra me che mollavo Tammy e Louise che mollava me, avevo perduto l'unica approssimazione di amicizia femminile che avevo nella mia vita.

Uno, era triste che le conoscenze sul lavoro fossero la cosa più vicina ad avere delle amiche. Conoscenze che non erano state per niente di sostegno – e nemmeno gentili.

E due, ora era abbondantemente chiaro che non ero affatto andata avanti con la mia vita dopo la rottura con William.

Accettarlo era stato il primo ostacolo, e io lo avevo superato bene e perfettamente.

Sono una persona strana, senza amiche, che ha bisogno di nuova compagnia che un giorno potrebbe diventare amicizia.

Bam! Ostacolo saltato.

Ero pronta per iniziare questa caccia, per cui mi ero rivolta a qualcosa di familiare per chiedere consiglio: avevo cercato su Google come trovare nuove amiche.

Google conosce senz'altro i migliori vibratori per stimolare il mio punto G, ma non è d'aiuto quando si tratta di trovare amici.

Google aveva detto che avrei dovuto *rivolgermi ai colleghi di lavoro.*

Già fatto; pessimo piano.

Google aveva detto anche che avrei dovuto *entrare in una squadra sportiva oppure iscrivermi in palestra.*

Google non capiva la mia completa mancanza di coordinazione. Fare yoga in soggiorno e camminare era il massimo che potessi fare. Perché non avevo amici.

Iscriviti ai siti di socializzazione online.

Solo andare su quei siti mi rendeva nervosa. Cosa dovevo fare? Farmi vedere a qualche evento dove non conoscevo nessuno? Ero stata da Derek's cinque minuti in tutto prima di cedere e cercare di farmi coraggio con un vodka cranberry.

Fare volontariato.

Lo avevo già fatto, e per una volta Google non sbagliava. Mi ero fatta parecchi amici facendo volontariato. Avevano tutti quattro zampe e il pelo, però erano sicuramente miei amici. Legavamo durante le nostre passeggiate. Ma quegli amici non sapevano parlare e non restavano a lungo – grazie al cielo. Volevo che tutti trovassero la loro casa dei sogni il prima possibile.

Iscriviti a un corso.

Anche qui, significa entrare in una stanza piena di estranei. Cosa pensava Google, che io possa semplicemente mescolarmi a una folla di persone sulle quali non ho mai posato prima gli occhi e iniziare una conversazione?

Il piano per trovare un'amica era un fallimento – per il momento – per cui avevo fatto un patto con me stessa. Avrei saltato la caccia all'amica, però avrei insistito con il mio piano originale di prevenzione della riverginizzazione. Poiché il mio primo tentativo era fallito miseramente, questa volta avrei preso in considerazione la mia evidente, estrema introversione. (Quand'era successo? Solitamente ero solo un po' timida.) Per vincere la timidezza serviva un piano incrementale di acclimatamento.

Andare in un bar, bere un solo drink, fissare le pareti e osservare le persone... alla fine, uscire.

Se lo avessi fatto per un numero sufficiente di volte, probabilmente sarebbe diventato più facile. E alla fine, forse sarei riuscita a stabilire un contatto visivo con gli estranei.

E poi, forse, alla fine, altro.

Perché non riuscivo a chiacchierare con chiunque ovunque, finché non ci fosse la più remota possibilità di un appuntamento – o sesso – come risultato? Nella mia vita normale, non quella in cui cerco-di-farmi-scopare, non avevo problemi a stabilire un contatto visivo.

Avevo sospirato e ricordato a me stessa quell'intera fase riconosci-che-hai-un-problema. Avrei dovuto averla superata.

Ma tornando al piano, ne avevo uno, quindi urrà per me.

Non ne ero minimamente eccitata come avrei dovuto – probabilmente a causa di tutte le incognite – ma ne avevo uno.

Volevo fare sesso, e questo era un piano per fare sesso! Avrei dovuto essere eccitata.

La mia mancanza di entusiasmo non c'entrava nulla con il fatto che nessun uomo poteva competere favorevolmente con Bain. "Proprio per niente," avevo detto con le dita incrociate dietro la schiena.

Ma poi mi ero eccitata un po' di più per il piano quando avevo deciso che avrei potuto concedermi un appoggio.

Sarei andata nel bar che conoscevo già. Un po' di familiarità avrebbe reso le cose più facili.

Nemmeno per un secondo avevo pensato che avrei potuto incontrare Bain.

Impensabile che Derek's fosse il suo bar abituale. Le probabilità erano decisamente contro quella possibilità... giusto?

Così, alcuni giorni dopo che Tammy la terribile mi aveva fatta sentire come una zoccola (perché cercavo di prevenire la mia riverginizzazione) e una sfigata (per non esserci riuscita), ero andata da Derek's.

Era stato relativamente indolore.

Non guardavo la porta ogni volta che qualcuno entrava... o se lo facevo, che problema c'era? Almeno non fissavo le pareti. Un drink e poi me ne sarei andata.

Sciacqua e ripeti, al punto che due abituali baristi del turno serale, in realtà, avevano capito il mio piccolo gioco delle ordinazioni.

Provavo un whiskey diverso ogni sera. Incolpavo quel bicchiere non toccato che Bain aveva ordinato per me. Il ricordo mi derideva, facendomi domandare se mi sarebbe piaciuta la sua marca di whiskey. O il whiskey in generale.

Una domanda semplice con una risposta semplice, e dopo il primo bicchiere che avevo ordinato, avevo deciso che, a dire il vero, mi sarebbe potuta piacere quella roba.

Avevo stabilito rapidamente la mia routine. Un drink, un'occhiatina casuale in direzione della porta quando compariva un nuovo cliente, finire il drink, darmi una pacca sulla schiena per essere una zoccola coraggiosa (progresso! Riuscivo anche a chiamarmi zoccola nella mia testa, con una voce carina, irriverente, quasi da tipa tosta) e andarmene.

Ero davvero prevedibile.

Fino al McBain's.

Lisa, la barista che mi aveva ignorato quella prima sera, da allora aveva imparato che sapevo come trattare nel modo giusto una ragazza che lavorava. Almeno, una ragazza che lavorava in un bar.

I baristi si facevano il culo e meritavano di essere ricompensati adeguatamente.

Quando aveva scoperto che davo buone mance, e che non doveva nemmeno sculettare o mostrare la scollatura, ero diventata la sua cliente preferita.

"Ne ho uno buono per te, stasera." Mi aveva messo davanti un bicchiere contenente una piccola quantità di whiskey. Avrei giurato che profumava leggermente di cannella. Cannella affumicata.

"Pensavo avessimo già stabilito che non ci sarebbe più stato del Fireball o liquori aromatizzati simili."

L'altro barista, Mike, aveva presentato quella roba stucchevole la prima volta che mi aveva servita. Avevo già sviluppato un gusto per la cosa "reale", come Lisa definiva il whiskey decente, e ne ero rimasta profondamente offesa. Mike e io non avevamo avuto da dire, però ci eravamo andati vicino.

Lei aveva sorriso e aveva detto, dandomi le spalle, "Non è un whiskey alla cannella, cara." Poi si era affrettata a versare due birre per un altro cliente abituale.

Lo avevo annusato scoprendo che aveva ragione. Quella debole traccia di cannella se n'era andata quando lo avevo annusato adeguatamente. Strano, perché avrei giurato... Non aveva importanza. Ne avevo bevuto un sorso, e mi si erano quasi rovesciati gli occhi all'indietro.

Quant'era buono.

Peccato che buono non fosse nemmeno lontanamente la parola giusta. Divino?

Avevo alzato gli occhi al cielo, chiedendo perdono a mia nonna. Non che lei non bevesse un bicchierino di gin ogni tanto – esclusivamente per scopo medico e celebrativo – ma dare attributi divini agli alcolici? Lei non avrebbe approvato. Ma d'altronde, io avevo la tendenza a pronunciare il nome del Signore *molto* invano. Quindi, quella particolare nave di approvazione sarebbe potuta salpare.

Mentre inspiravo di nuovo, cercando di ricatturare l'aroma di cannella, Lisa era ritornata. "Ti piace quello, vero?"

Avevo annuito, poi ne avevo bevuto un altro sorso.

Lei aveva una smorfia di soddisfazione in faccia. "Quello è un McBain's. Dalla distilleria del tuo eccitante eroe."

Per poco non avevo sbuffato whiskey dal naso. Un'esperienza che nemmeno il delizioso McBain's avrebbe reso piacevole.

Non mi ero nemmeno resa conto che Lisa avesse notato il pizzicotto del tipo sulla pesca e il conseguente intervento di Bain per gestire la situazione.

Era stato piuttosto eroico. Il suo comportamento nel parcheggio, dopo? Significativamente molto meno.

Dopo avere deglutito e ripreso fiato, l'avevo guardata in modo truce. "Sei una donna malvagia."

Lei aveva riso e si era voltata per servire altri clienti.

E io avevo cercato di riguadagnare quel vago sentore di cannella affumicata.

Quattro bicchieri dopo, avevo deciso che sebbene ci fosse – sapevo che c'era – per qualche motivo era semplicemente fuori portata.

BAIN

La mia dolce e sexy ragazza pin-up con il viso di un angelo era da Derek's.

Era ubriaca persa.

E, cazzo, sapeva di McBain's.

Il *mio* whiskey.

9

TAYLOR

Mi stavo divertendo *molto*.

Chiaramente, il mio piano che prevedeva un solo drink era andato a farsi fottere.

Mi piaceva quella parola.

Fottere.

Aveva un bel suono.

"Fottere." Suonava ancora meglio a voce alta, specialmente con un leggero accento nasale del Texas. Di solito non l'avevo molto marcato, ma – "Fottere" – suonava semplicemente meglio se detto in texano.

Il tizio al bar, vicino a me, si era girato, mi aveva squadrata dalla testa ai piedi, poi aveva sorriso. "Hey, tesoro, posso offrirti da bere?"

Era un po' barcollante e non particolarmente

attraente, ma non era quello il motivo per cui non avevo intenzione di farmi offrire da bere da lui. Anche se fosse sembrato figo come Bain, non avrei accettato quel drink. Perché "tesoro"? Humph. Che tipo d'uomo chiama "tesoro" una donna che non conosce? Quello era fottutamente diretto.

Ooooh. Stavo pensando volgarità. Forse mancavano due drink per dire volgarità. Tranne...

"Oh, merda." Perché avevo gridato "fottere", e gridare volgarità era peggio che dire volgarità, ne ero abbastanza sicura.

Forse ero ubriaca.

Forse ero uscita ubriaca con i bigodini ancora addosso.

Cosa stava dicendo il tizio barcollante?

Lo avevo guardato di sbieco, ma se n'era andato. Un'altra persona barcollante aveva preso il suo posto. Uno alto... "Bain!"

Un attimo. Non sarei dovuta sembrare così eccitata, perché avrebbe potuto pensare che lo stavo pseudo-stalkerando da Derek's.

Lo avevo guardato con cipiglio, poi lo avevo pungolato sul petto con il mio dito della rabbia. Era l'indice, non il medio. "Fai schifo."

Ma poi mi ero ricordata che era lui il creatore del McBain's e il McBain's era fantaaaaastico.

Aveva persino il suo stesso odore.

Gli avevo sorriso. "Fai schifo ma va bene, perché

il tuo whiskey è fantaaaaastico." Avevo spalancato gli occhi nel tentativo di mettere meglio a fuoco. Strizzare gli occhi non mi faceva vedere bene. "Ha il tuo stesso odore! Tipo cannella affumicata."

Aveva un'espressione tremendamente accigliata per essere uno che aveva appena ricevuto un immenso complimento. Forse cannella affumicata non era un complimento. Non abbastanza virile?

Ma la sua espressione accigliata aveva fatto accigliare *me,* e avevo detto, "Ma non come la cannella del Fireball. Cannella buona."

Era ancora accigliato, quindi quello non doveva essere stato d'aiuto.

Avevo smesso di provare quella cosa ad occhi spalancati ed ero tornata a strizzare gli occhi. "Stai peggiorando la mia sbronza."

Lo avevo sentito dire una volta a una festa, al college. Allora non l'avevo capito. Ma ora sì.

Forse. Quel tipo era fatto, io ero solo ubriaca.

Avevo guardato di nuovo Bain con cipiglio. "Avresti dovuto essere qui un drink fa, prima che diventassi ubriaca fottuta. E ubriaca con-i-bigodini-in-pubblico." Gli avevo di nuovo pungolato il petto con il dito. "Perché allora avrei potuto dirti quanto ammazza-sbronza sia la tua faccia accigliata."

Lui aveva tolto il mio dito dal suo petto, e mi aveva tirata su in stile nuziale.

"Mi hai tirata su!"

Mi aveva tirata su!

Poi aveva dato la mia borsetta a un uomo massiccio con la barba. La mia *borsetta!*

"Quella è la mia borsetta!"

L'uomo barbuto aveva frugato con le sue zampe nella mia borsetta, come, come se non contenesse tutte le cose personali che si mettono in una borsetta. Ed era la mia borsetta grande. Avevo smesso di portare la graziosa, ma pressoché inutile, *bar clutch* e avevo cominciato a portare la mia borsetta solita, come circa tre visite fa. Più o meno allo stesso tempo, avevo rinunciato ai tacchi e avevo cominciato a mettere i jeans.

"Finirai in un girone dell'inferno, dove tua madre ti rimprovererà ogni giorno per avere violato la sacralità della borsetta da donna."

L'uomo barbuto mi aveva fissata, ogni espressione era stata spazzata via dalla sua faccia – e io avevo potuto vedere semplicemente bene; niente barcollamenti, perché essere portata in giro in braccio mi aveva resa sobria... un po' – e poi lui aveva reclinato la testa all'indietro e si era messo a ridere.

Aveva una bella risata. Piena e tonda, calda e genuina. Gli avevo sorriso, domandando, nel nome del Signore che sta nell'alto dei cieli, cosa ci fosse di divertente da colpirlo in quel modo. Volevo partecipare alla risata.

Ma nel momento in cui mi ero resa conto che forse ero *io* l'oggetto della risata, Bain aveva già messo la mia testa contro il suo petto, così non avevo avuto il tempo di essere confusa e imbarazzata per essere stata la battuta finale di una barzelletta.

La cosa strana era che non ero imbarazzata.

Avrei dovuto esserlo. Non per le risate, ma sicuramente per essere portata in braccio in un luogo pubblico come una bambina che ha superato l'ora di andare a nanna... oppure come una donna ubriaca che vomita volgarità in pubblico con i bigodini in testa.

Con la mano di Bain su una delle mie orecchie e l'altra premuta sul suo petto sodo, dall'appetitoso aroma di cannella, non avevo potuto sentire molto. Ma poi il corpo di Bain si era teso, per cui mi ero sforzata ancor di più per sentire la loro conversazione.

Una qualche specie di minaccia? Qualcosa che aveva a che fare con il tizio barbuto che avrebbe perso le palle?

Il tizio barbuto si era limitato a ridere, non liberamente come prima, però restava comunque una risata dal bel suono.

Gli uomini sono così strani.

Io volevo far male a un uomo nelle parti basse solo per infrazioni gravi, tipo toccate inappropriate.

Chissà quale stupida cosa senza senso aveva fatto accendere Bain.

Avevo sbadigliato e mi ero stretta ancor più al suo petto.

Non era un mio problema. Non subito. Ero coooosì stanca.

Maledizione, mi ero dimenticata tutta questa parte dell'essere ubriachi. C'era una linea sottile per me tra il divertimento chiassoso e il russare come un membro di confraternita sbronzo.

Avevo sbadigliato di nuovo, cercando di tenere gli occhi aperti.

Niente da fare.

Con gli occhi chiusi, strusciavo il naso contro il petto di Bain. L'ultima cosa che ricordo è avergli chiesto della mia borsetta. "Avresti fatto meglio a non lasciare la mia borsetta a quel profanatore di borsette."

10

BAIN

Era stata una sera di severe sgridate.

Prima avevo dovuto dire a Dex, mio ex amico, che non poteva guardare una donna ubriaca con quel particolare luccichio negli occhi.

Specialmente non *questa* donna ubriaca.

Lo stronzo aveva riso.

Avrei voluto tagliargli le palle, tritarle e darle da mangiare al suo cane, sebbene lui dubitasse molto della serietà della mia minaccia.

E poi c'era stata la sgridata che Taylor aveva dato a Dex per avere violato la sua borsetta, qualunque cosa questo significasse.

Dex stava solamente cercando le chiavi dell'auto di Taylor (per guidare la sua auto) e la sua patente (per conoscere l'indirizzo esatto). Non stava cercando di conoscere tutti i suoi segreti femminili. Ma non appena quel pensiero mi aveva attraversato la mente, gli avevo detto di darsi una mossa e di smettere di frugare nella borsetta.

"Ce l'ho," aveva detto, tirando fuori un'unica chiave dalla borsetta. Non c'era da meravigliarsi che ci avesse messo così tanto per trovarla. Molte donne, in base alla mia esperienza, hanno una ventina di chiavi o un enorme portachiavi. Altri tre secondi e aveva trovato il suo indirizzo. "Adesso smetti di comportarti da coglione possessivo e dimmi qual è il piano."

C'era soltanto un piano possibile, perché di una cosa eravamo fottutamente certi: non l'avremmo scaricata a casa sua. Non in quelle condizioni.

Dato il suo livello di ebbrezza, aveva bisogno di una stretta supervisione per qualche ora, e io non mi sarei sentito a mio agio a casa sua senza essere stato invitato.

"Porta l'auto a casa sua e poi torna a casa tua in taxi. Io la porto a casa mia." Tutto completamente razionale e sensato.

"Lo sai che è peggio trascinarla nella tua tana senza permesso che intrufolarsi in casa sua, vero?"

A quel punto avevo di nuovo minacciato le sue palle, e lui aveva riso – però era sembrato anche un po' preoccupato per la sua paccottiglia.

Forse aveva ragione. L'avrei portata a casa sua,

ma non l'avrei lasciata lì da sola. Dex doveva comunque portare l'auto a casa di Taylor e poi trovare un modo per tornare a casa sua. Forse avrebbe potuto dire ad Archer di passare a prenderlo, in quanto lo stronzo ci aveva scaricati entrambi questa sera.

Mi infastidiva che Dex, probabilmente, avesse ragione, ma poi mi ero tirato su di morale quando mi ero ricordato dell'auto di Taylor.

Un'auto piccola realizzata per persone piccole.

"Goditi il viaggio." Avevo fatto un cenno con la testa in direzione della porta. "E adesso levati dalle palle."

Dopo che lui e il suo luccichio di ammirazione negli occhi se n'erano andati, avevo potuto respirare più facilmente. E pensare a lui stipato in quella piccola auto mi aveva fatto sentire meglio.

Avevo ancora qualcuno da sgridare severamente sulla mia lista: Lisa, la barista che aveva servito troppo da bere a Taylor.

Chiunque aveva potuto vedere che Taylor era un peso leggero. Letteralmente e figurativamente. Era formosa, ma era piccola.

Avevo incrociato lo sguardo di Lisa mentre andavo alla porta, e lei mi aveva incontrato al fondo del bar. "Ha bevuto soltanto quattro whiskey single – *quantità molto ridotta*, aggiungerei – in almeno due ore, per cui non menarmela con quella stronzata neandertaliana da maschio alfa. 180 ml di whiskey al massimo, probabilmente più vicino a 120, in due ore e mezzo non fanno *quello* a nessuno. Lei è una che regge incredibilmente poco l'alcol."

L'avevo gelata con lo sguardo.

Non aveva funzionato. Lisa si era limitata a fare un sorrisetto. "Le è piaciuto veramente il McBain's. Paghi tu, oppure vuoi che le addebiti le consumazioni sulla carta di credito?"

Le era piaciuto il McBain's... che aveva il mio odore. Le possibilità latenti in quella dichiarazione erano...

Improbabili.

E non attualmente rilevanti.

Avevo tirato fuori con attenzione il portafoglio, facendo del mio meglio per non spintonare Taylor, e avevo dato a Lisa contante sufficiente per coprire le consumazioni più una mancia molto generosa. Non importava quanto fossi infastidito, non avrei fatto il duro con una donna che lavorava per meno del minimo sindacale con due bambini a carico. Ero un cliente abituale, quindi ero a conoscenza della sua situazione, proprio come lei sapeva che la McBain's Distillery era mia.

Il delicato colpetto del naso di Taylor contro il mio petto mentre lei strofinava la faccia contro di me mi faceva domandare: com'era possibile, di preciso, che qualcuno, anche una persona piccola come Taylor, svenisse con 120 ml di liquore?

Forse aveva una qualche patologia. Avevo guardato il prezioso involto di donna tra le mie braccia e per un momento avevo provato qualcosa di molto simile al panico.

Mentre valutavo un giro al pronto soccorso, pensando se si sarebbe fatto prima guidando o volando – cazzo, mostrandomi nudo dopo essere mutato – lei si era accoccolata ancora più vicino emettendo graziosi suoni come di chi tira su col naso mentre dorme. Non era necessario nessun giro al pronto soccorso. Taylor stava *dormendo*.

Quando Lisa era tornata con la carta di credito di Taylor, aveva dato un'occhiata alla ragazza rannicchiata tra le mie braccia e aveva alzato gli occhi al cielo. "Scommetto che lei è il tipo che riesce a dormire durante l'apocalisse e poi si sveglia sentendosi da dio."

Dopo avere rimesso attentamente la carta di credito di Taylor nella sua borsetta – senza osare vederne il contenuto – mi ero diretto al mio pickup con un carico caldo, tutto curve, di bellezza femminile tra le braccia.

Bello, ma disorientante. Non si era proprio svegliata mentre andavo verso il pickup, però aveva borbottato qualcosa sulla dimensione della sua borsetta. "Ho portato la borsetta grande. Non quella *clutch.*" Poi mi aveva colpito al petto con il suo piccolo pugno.

Non avevo idea del perché quello importasse, e poiché quel *non sequitur* era stato seguito da un suono che ricordava il più delicato tra i modi di russare, avevo supposto che non lo avrei scoperto.

11

TAYLOR

Mi ero svegliata con la vaga sensazione di avere scordato qualcosa di importante.

Poi avevo avuto un attimo di disorientamento durante il quale avevo cercato di ricordare se fosse un giorno feriale o il fine settimana, se dovevo alzarmi per andare al lavoro (ti prego, no) o se potevo dormire (ti prego, sì).

La sensazione cotonosa che avevo in bocca era un buon indizio del fatto che era domenica mattina. Non facevo la vita di una rockstar. Il fatto stesso che avessi poltrito indicava che era domenica.

Mentre superavo i primi secondi di confusione che sperimentavo ogni mattina al risveglio, anche quelle che non seguivano una serata di bevute eccessive, mi rendevo conto che la mia schiena era bella calda.

E annusavo l'odore del McBain's.

Non l'odore stantio del liquore di ieri sera, bensì la debole traccia di cannella affumicata che aveva solleticato l'orlo dei miei sensi ieri sera ogni volta che sollevavo un bicchiere di quella roba divina.

Tranne che quell'odore, adesso, non solleticava l'orlo dei miei sensi. Era tutto intorno a me. Mi circondava e mi abbracciava.

Umm...

Qualcosa mi abbracciava – e non era semplicemente il delizioso odore della cannella. No, era decisamente un uomo che sapeva di cannella affumicata.

Il calore del suo petto contro la mia schiena, il peso del suo braccio intorno alla mia vita, e quella cosa, non un bastoncino, premuta contro la mia pesca.

Com'era successo che, nel beneamato mondo delle impossibilità, *Bain* fosse finito nel letto con me?

Mi ero accigliata quando mi ero resa conto che i ferretti del reggiseno mi pungolavano ferocemente. Il che significava che ero a letto con l'uomo più eccitante che avessi avuto la fortuna di baciare... e non ero nuda. Neanche lontanamente.

Perché io?

Tutto quello che volevo era prevenire un po' la riverginizzazione.

E poi *questo* tizio avrebbe dovuto andarsene e così sia: *Sono così sexy e bacio da dio, però mi rifiuto di deverginizzarti perché ho i miei motivi.*

Solo che, no, non era così. Non aveva nemmeno dichiarato dei *motivi*. Mi aveva semplicemente ringraziata e se n'era andato. Il che era stato sufficiente per farmi diventare una stalker.

Sebbene... probabilmente quello fosse più opera del lavoro dei suoi baci e meno del fatto che se n'era andato, a voler essere precisi. E io, essendo una persona che lavora in uno studio di contabilità, dovrei esserlo più spesso.

"Che c'è che non va?" Il brontolio della voce di Bain era stato un doppio brutto colpo. La vibrazione del suo petto contro la mia schiena e il sussurro delle sue labbra contro il mio orecchio? Degni di uno stato d'estasi.

Tranne per il fatto che ero già a letto con il mio didietro premuto contro la sua erezione mattutina.

Signore, come avevo potuto dimenticare, anche solo per un battito, che il suo bastoncino era in realtà un ramo?

Le sue vibrazioni e i suoi sussurri, per non parlare della sua erezione e della sensazione di scioglimento sotto il mio stomaco, erano stati sufficienti per distrarmi dalle parole che aveva pronunciato... per circa un secondo e mezzo.

"Chi ha detto che c'è qualcosa che non va?"

"Riesco a sentire i tuoi pensieri. C'è sicuramente qualcosa che non va."

"Nessuno può sentire i pensieri di un'altra persona." Ne ero abbastanza sicura. Però c'era sempre Mabel, una parente alla lontana di nonna – sua cugina di secondo grado, forse? – la quale diceva di essere una sensitiva. Ma lei era sempre stata più interessata ai pensieri dei nostri parenti morti che a quelli dei vivi. Il suo interesse andava tutto ai sogni inquietanti che, giurava lei, predicevano il futuro.

Bain aveva grugnito in modo vago, né confermando né smentendo la sua precedente affermazione sulla lettura della mente.

Seccante. Principalmente perché se ci fosse stato qualcuno in grado di leggere la mente, quello non avrebbe potuto essere che Bain. L'uomo era sostanzialmente perfetto, meno il piccolo (grandissimo) fatto che non era interessato a me.

Però era nel mio letto.

"Perché sei nel mio letto?" avevo domandato alla fine, quando ce l'avevo fatta ad accettare l'idea che Bain, in effetti, non era in grado di leggere la mia mente, perché non era qualcosa di reale.

Diversamente, sarebbe stato come dire che le streghe potevano veramente lanciare incantesimi. Mi piacevano le mie storie di fantasia, tanto quanto piacevano alla ragazza accanto – specialmente quelle erotiche con esseri immortali e viaggi nel tempo – ma questa era la vita reale, nella quale la lettura della mente non esiste.

"Sono qui perché non mi lasciavi andare."

Quello suonava giusto. Imbarazzante, ma giusto. Mi piaceva essere ben coccolata, ed ero un'ubriaca affettuosa.

Ma per lo più avevo bevuto la sua storia, perché chi avrebbe voluto lasciar andare un esemplare delizioso come Bain quando l'alternativa era farsi coccolare dal suo caldo abbraccio, che sapeva di cannella affumicata, per tutta la notte?

"Non potevi, almeno, togliermi il reggiseno?" Mi ero spostata leggermente e per poco una delle mie parti del corpo preferite non veniva impalata da un ferretto sciolto.

Mi ero dimenata, cercando di allontanare il ferretto pungolante dalla tetta sinistra. Ma soltanto dopo avere spinto il mio didietro contro l'erezione mattutina di Bain mi ero resa conto dell'errore delle mie mosse.

O forse della mia accidentale genialità.

Lui aveva messo la sua grossa mano sul mio basso addome, tenendolo così saldamente contro di sé che il suo uccello rigido premeva contro il solco tra le mie natiche. "Attenta, tesoro, a meno che tu non voglia dare seguito a quella promessa."

"Sembra una buona idea. Sì, ti prego." Dio dei cieli, sì. Ti prego, ti prego, sì.

Aveva emesso un gemito, lungo e basso.

Il suono era incredibilmente sexy e aveva fatto contrarre le mie parti femminili per l'aspettativa.

E poi lui mi aveva allontanata con decisione da sé.

Il freddo aveva colpito la mia schiena nello stesso momento in cui il suo respingimento aveva colpito il mio orgoglio – e forse qualcosa di ancor più sensibile, come il mio tenero cuore di ragazza.

Solo che non poteva essere. Il mio cuore era stato infranto in mille pezzi di vetro finiti a terra in luccicanti, taglienti cocci dalle azioni del mio ex infedele, visioni di nudo incluse.

Poiché quello che stava accadendo ora non riguardava i sentimenti inesistenti che provavo per quest'uomo, doveva riguardare il sesso.

Il suo corpo pazzesco, il suo grosso uccello (che non era un semplice pene) e il sesso.

Il sesso era qualcosa di cui gli adulti potevano parlare.

O così avevo sentito dire.

Mi ero girata e lo avevo pungolato con il mio dito della rabbia.

Era completamente vestito, maglietta nera e jeans, per cui non avevo avuto nemmeno il premio di consolazione di un'occhiata del suo petto nudo.

Lo avevo pungolato di nuovo. "Cosa deve fare

una ragazza per riuscire a prevenire la riverginizzazione?"

Apparentemente non riuscivo ad essere chiara, perché il grosso e forte uomo nel mio letto sembrava semplicemente e adorabilmente arruffato, gli occhi verdi annebbiati dalla confusione.

Un altro pungolo. "Sesso, Bain. Cosa devo fare per avere un po' di..." Avevo raccolto il mio coraggio, che non era sufficiente per dire "cazzo", ma *era* suffi-ciente per... *"uccello."*

E una volta conquistato "l'uccello," avevo provato tutti i tipi di liberazione. "Ho ventotto anni. Ho un lavoro a tempo pieno. Pago le bollette puntualmente. Ho un fondo pensione. Sono adulta, per amor del cielo. E sono una donna dall'aspetto decente. Ad alcuni uomini piacciono i sederi grossi. Penso che tu sia uno di loro. Cosa devo fare per avere un po' di uccello?"

Forse avrò gridato un po' e pungolato piuttosto forte con il mio dito della rabbia quando avevo detto ancora "uccello."

Però quello stava facendo effetto. Non avevo gridato al vento; grazie, Signore che sei nei cieli.

Bain era passato da adorabilmente arruffato e confuso a occhi vigili e circospetto.

Ma sicuramente non ci pensava nemmeno lonta-namente a violentarmi, e io volevo essere violentata... in maniera consensuale, facendo del sesso sicuro.

L'uomo determinato e educato che aveva l'uccello appoggiato al mio culo sembrava un candidato fantastico.

Erezione mattutina a parte – perché quella era semplice biologia, giusto? – forse era semplicemente come in quel film e lui, semplicemente, non era interessato a me.

Avevo sospirato, rivolgendomi tranquillamente al suo petto, poiché non riuscivo a guardarlo negli occhi mentre pronunciavo queste parole. "Seriamente, cosa devo fare? Se non posso avere un uomo che è già nel mio letto, pronto a fare qualcosa per, in realtà, *fare qualcosa,* allora cosa? Devo uscire nuda per strada e accettare qualunque proposta mi capiti?"

Bain aveva ringhiato, e io avevo alzato lo sguardo dal centro del suo petto per scoprire che sembrava... arrabbiato. Wow. Veramente arrabbiato. Aveva gli occhi ridotti a due fessure, e le narici frementi.

Ero abbastanza sicura che non dovesse essere arrabbiato con me. Ero abbastanza sicura che io avrei dovuto essere arrabbiata con *lui.*

Ma poi quella questione era diventata del tutto irrilevante perché...

Lui era sopra di me.

Mi baciava il collo, la mascella e il punto proprio sotto l'orecchio.

Oh, mio Dio, sì.

Ma poi avevo scoperto che Bain sicuramente era in grado di leggermi la mente, perché mi aveva sussurrato all'orecchio, "Vuoi questo?"

"Sì." La voce ansimante che era venuta fuori sembrava la mia. Ma d'altronde, ero impegnata a cingere Bain con le gambe e ad afferrare quelle sue spalle larghe in maniera impossibile, e quello bastava per togliere il respiro a una ragazza.

Mi aveva mordicchiato il lobo. "Vuoi fare sesso?"

"Sì." Questa volta la sua voce era più ferma.

Lo avevo appena detto, vero? Quanto più chiara dovevo essere?

Il fastidio si mescolava al desiderio, ma poi lui si era girato sui fianchi. La sua rigida virilità premeva contro il mio nucleo e stuzzicava il clitoride, e io avevo ansimato.

"Vuoi il mio cazzo dentro la tua dolce passera?"

Avevo annuito, non certa di riuscire a parlare. Perché non ero infastidita. No, non più. Per niente. Bain che parlava di noi che lo facevamo era *arrapante*.

Chi lo avrebbe mai detto che ero una che diceva sconcezze?

E lo ero. Lo ero *totalmente*.

"Sei bagnata per me, tesoro?" aveva domandato

mentre faceva scivolare la mano lungo il davanti dei miei jeans.

Avevo gemuto, perché parlare? Quali erano le parole?

Le sue dita stavano dividendo le mie labbra, scivolose e umide di desiderio per lui.

Ho bisogno di uscire da questi jeans, tipo adesso.

Lui aveva ridacchiato mentre mi baciava il collo. "Possiamo togliere i jeans."

Lo avevo detto a voce alta. Suppongo che avessi trovato le parole... ma poi erano scomparse di nuovo, perché i miei jeans se n'erano andati e Bain mi stava baciando il collo, poi il seno, le costole, lo stomaco, l'osso iliaco e – "Ti prego, sì. Dio, sì."

Perché lui stava fluttuando sopra la mia patatina, e io stavo pensando: *questo è il mio giorno fortunato.*

Finalmente.

Un orgasmo che non era azionato a batteria. Grazie, Signore, per la beatitudine che tra poco...

Un soffice sbuffo d'aria aveva solleticato la stretta striscia di peli che non avevo permesso al mio depilatore di rimuovere. Bain stava ridacchiando.

"Stai pregando, tesoro?"

Ahhh... "No?" C'era una risposta sbagliata, qui? Non volevo sbagliare il quiz rischiando di perdere il glorioso premio che ero così vicina a ricevere. "Può darsi. Non di proposito. Oh, mio Dio, risposta giusta, risposta giusta, risposta giusta."

12

BAIN

La sua passera aveva il sapore del paradiso.

Ovviamente l'aveva. Lei era il mio tesoro.

Le avevo spalancato le cosce con le spalle e le avevo leccato di nuovo la fessura gocciolante, questa volta indugiando sul clitoride gonfio, titillandolo con la lingua.

Aveva gli occhi chiusi e la testa reclinata all'indietro. Era completamente persa nel piacere della mia bocca, la faccia aveva un colorito piuttosto roseo e i riccioli d'oro le ricadevano intorno alle spalle. Era splendida nella sua passione.

Gemeva e cercava di dondolare nella pressione, ma le mie mani sui suoi fianchi la tenevano saldamente ancorata al letto.

Non avevo intenzione di farle prendere il controllo.

Lei pensava di voler essere sbattuta bene. La mia dolce ragazza che aveva cominciato a dire le preghiere al semplice pensiero della bocca di un uomo su di lei.

La mia bocca su di lei.

Le succhiavo delicatamente il clitoride, e il suo gemito era diventato un guaito mentre le sue gambe si stringevano forte intorno alle mie spalle.

No, Taylor non aveva bisogno di essere sbattuta bene.

Quello che serviva alla mia ragazza era soddisfazione. Sollievo.

Quello potevo darglielo.

E poi l'avrei lasciata dolce come l'avevo trovata.

Mi reggevo con l'avambraccio intorno ai suoi fianchi, liberando l'altra mano per un lavoro molto più importante.

Mentre inserivo un dito nella sua passera stretta, mi era ritornata in mente la sua supplica di prima: prevenzione della riverginizzazione.

Avevo riso, a parte il fatto che – *caaazzo*, era stretta.

Sapevo che non era vergine, ma...

Se dovevo scopare la sua passera stretta...

Avevo osservato la sua stupenda faccia arrossita. Era ancora persa nel momento. Dopo aver banchettato sulla curva delle sue labbra carnose, sui suoi capezzoli protesi e sul fantastico incavo della sua piccola vita, avevo rivolto la mia attenzione alla sua passera bramosa.

Se avessi dovuto averla, avrei dovuto allargare il suo passaggio, prepararla con due dita, poi con tre, affinché potesse ricevermi.

Avevo gemuto alla sensazione delle sue pareti interne palpitanti intorno al mio dito. Lei era così vicina, e io l'avevo toccata a malapena.

La mia ragazza voleva venire disperatamente.

Le avevo leccato delicatamente il clitoride mentre, lentamente, le facevo un ditalino. Pur delicato com'ero, lei era proprio lì, sull'orlo, con quel suo lieve ansimare e i suoi gemiti, per cui mi ero tirato indietro.

Le avevo baciato i riccioli biondo scuro e avevo fatto scorrere la punta del mio dito fradicio intorno alla sua apertura, sopra e intorno alla sporgenza del piacere, non proprio toccandola ma stuzzicandola soltanto.

Ma poi non avevo potuto farne a meno.

La passera dolce e umida implorava di più.

Era stretta, ma vi avevo infilato due dita dentro mentre le leccavo il clitoride gonfio.

Un ringhio aveva borbottato, incontrollato, nel mio petto mentre pensavo ad allargargliela sufficientemente da infilarvi il mio pisello.

La sensazione del suo stretto passaggio mentre la cavalcavo senza preservativo.

Versando il mio seme nel suo grembo fertile.

Il borbottio del mio ringhio possessivo l'aveva spinta oltre il limite. Era venuta con le mie dita dentro di lei e la mia bocca che le succhiava il clitoride.

13

TAYLOR

S esso orale?

Sì.

Grazie.

Finalmente.

Avevo mandato giù una spremuta di eccitazione, perché non volevo distrarre Bain. Volevo che *niente* lo distraesse, perché ero così vicina.

William ci aveva provato. Una volta, due volte, più o meno.

Ma non era preso da quello, e la cosa mi aveva fatto venire la nausea, per cui gli avevo detto di smettere. Lui era stato più che felice di assecondarmi.

Il respiro di Bain mi faceva il solletico, ricordandomi che non ero a letto con William. Ero a letto con un uomo assurdamente sexy, meravigliosamente grosso, dall'odore delizioso, *che ci sapeva fare.*

Bain non era come William. Proprio per niente.

Non esistevano nemmeno nello stesso universo.

E Bain, decisamente, senza dubbio, al centoventi percento, si stava divertendo.

Il suo cazzo premeva contro la mia gamba. Era enorme e duro e d'acciaio. Si stava divertendo *davvero*.

Saperlo mi aveva dato la fiducia in me stessa per lasciarmi andare.

Avevo chiuso gli occhi e mi ero abbandonata alle sensazioni.

Ed erano sensazioni davvero *belle*. Crogiolarmi nella generosa attenzione di Bain era persino meglio di un bagnoschiuma seguito da lenzuola di seta.

Ma d'altronde lui leccava e succhiava e quello non era *bello*. No, non era un bagnoschiuma. Questa era... libidine. Questo era *desiderio*. Desiderio primario.

E più lui leccava e picchiettava e mulinava, più il mio desiderio cresceva. Adesso... volevo qualcosa... di più.

Avevo sentito un dito di Bain scivolare dentro di me. Non era sufficiente per lenire il dolore che avevo dentro. Di più. Di più. Avevo bisogno di qualcosa in più. Alla fine, due dita mi avevano riempita mentre lui baciava e succhiava e mi faceva impazzire.

Ero così vicina.

Bain aveva fatto un rumore che sembrava un

borbottio, metà passione, metà possesso, e... oh, sia lode, avevo trovato il paradiso.

Non ero mai venuta così intensamente in vita mia.

Ma Bain continuava a lavorare su di me con le dita e la bocca, e io continuavo a venire. Onda dopo onda, fino ad essere così sfinita da non riuscire nemmeno a sbattere le palpebre.

Forse perché avevo gli occhi chiusi.

L'ultimo pensiero che avevo avuto, prima che ogni cosa intorno a me svanisse, era stato...

Ho già provato questo prima.

Un piacere quasi da far uscire di senno.

In un sogno.

14

BAIN

"Proprio come nei miei sogni."

Taylor non sapeva cosa stesse dicendo. Aveva gli occhi chiusi, e si stava decisamente incamminando verso il sonno profondo di una donna davvero soddisfatta.

C'era la possibilità, tuttavia, che intendesse l'avere sognato me.

Anche se lo avesse fatto, probabilmente non significava nulla.

Ma mentre indugiavo nel suo letto, circondato dal dolce odore della sua eccitazione, una parte di me si domandava: e anche se fosse?

E se mi avesse sognato *prima* che ci incontrassimo?

Avevo soffocato il patetico impulso di svegliarla e chiederglielo.

Lei aveva incontrato me, poi nel suo stato di frustrazione sessuale, come diceva, aveva sognato me che le davo piacere. Non era un'idea così inverosimile.

Quello che *era* inverosimile era la possibilità che avesse avuto una visione di me in sogno.

Avevo cambiato posizione fino a far sì che il piccolo corpo di Taylor fosse raggomitolato contro il mio.

Un sogno prima del nostro incontro, una visione, indicava un certo livello di abilità medianica.

Avevo respirato l'inebriante profumo del suo shampoo. Sottolineando che la piacevole fragranza floreale era un insieme di note di *lei*. Lei profumava di aria dell'alto dei cieli, così pura che mi faceva cantare il sangue.

Avevo espirato.

Lei non era una sensitiva. I sensitivi erano rari e preziosi. Ne esistevano pochi sparsi nella popolazione umana. E le possibilità che Taylor potesse essere una di loro...

No. Non era una sensitiva.

E anche se lo fosse stata, le storie di sensitivi umani che domano draghi, che si accoppiano con noi, non erano altro che un mito.

Ero già stato ingannato una volta, in precedenza, credendo di avere conosciuto una donna che avrebbe potuto essere la mia compagna. Ma perdere anche la *possibilità* era stato devastante.

Non potevo permettermi di sperare.

Quando l'orologio sul comodino aveva passato le undici, ero scivolato giù dal letto di Taylor. Mi ero fatto il regalo di un'ora.

Un'ora tenendola tra le mie braccia, respirando il suo incantevole profumo, sentendo il calore del suo corpo premuto contro il mio. Se fossi rimasto di più, avrei rischiato di svegliarla.

Un esito inaccettabile.

Lei non era mia, e io non potevo ingannarla facendole credere che avrebbe potuto esserlo.

15

TAYLOR

Era passata una settimana da quando mi ero svegliata nel letto, sola.

Esattamente quello che ogni donna vuole dopo l'esperienza più sessualmente soddisfacente della sua vita: essere scaricata in silenzio.

Avevo cercato su Google. Apparentemente, c'era un nome per questo comportamento: *ghosting*, quando qualcuno interrompe ogni comunicazione con te e non si fa più vedere né sentire, senza spiegazioni.

Uno schifo.

Sontuosamente e completamente.

Ma sarei stata bene. Avrei trovato un altro pene deambulante per portare a termine il mio piano di prevenzione della riverginizzazione.

Alla fine.

Al momento non ero così tanto motivata. Non che fossi stata ferita nei miei attaccaticci sentimenti da ragazza, ma l'orgoglio era un'altra faccenda.

Inoltre, avevo dei rimpianti. Di quelli grossi. Forse da venti-ventitré centimetri.

Difficile da dire, visto che non gli avevo nemmeno tolto i pantaloni.

Magari non conoscevo la misura esatta dell'uccello di Bain, però sapevo con certezza che il suo era più grosso di quello di William. Avevo compreso meglio il significato dell'espressione *uccello a matita,* perché così era quello che aveva William rispetto alla circonferenza considerevole di quello di Bain.

Era scortese da parte mia fare confronti? Sì, lo era. Mi importava? Nemmeno un po'. L'uomo aveva preso la sua matita e l'aveva infilata nella patatina di un'altra quando era ancora fidanzato con me. Si meritava tutti i confronti scortesi che potessi fare.

Avevo sospirato, pensando ancora una volta alla lunghezza e alla circonferenza dell'attrezzo di Bain. Che spreco. Avevo perso l'occasione di porre fine alla mia epica astinenza con un uomo che aveva serie capacità in camera da letto e un uccello veramente fantastico.

Avrei potuto accontentarmi di un pene deambulante dopo avere quasi sperimentato un uccello veramente fantastico?

Può darsi.

Probabilmente avrei dovuto.

Ma non oggi.

Avevo controllato il mio aspetto nello specchio a figura intera. Mi impegnavo per apparire chic professionale. Di solito tendevo di più verso il comodo, ma sempre professionale.

Non che avessi un grande assortimento nel mio guardaroba. Era sorprendentemente difficile trovare del bel vestiario professionale per una figura come la mia. La mia pesca, semplicemente, non era professionale e i pantaloni appiccicati al mio didietro erano qualcosa di terribile. Quello mi limitava molto nella scelta dei vestiti.

Per il mio look di oggi, avevo scelto uno dei miei soliti abiti a vestaglia, linea A, aggiungendo scarpe con il tacco. Quelle di quella prima sera da Derek's, quando avevo conosciuto Bain, probabilmente il motivo per cui ero stata in piedi davanti allo specchio, persa in pensieri porno, negli ultimi tre minuti.

Con un'ultima occhiata avevo deciso di essere professionale-con-scarpe-carine, se non chic-professionale. Doveva andar bene, perché dovevo portare il culo al lavoro.

Oggi avevo un nuovo cliente in agenda.

Nulla di insolito in quello. La parte insolita? Avevano chiesto me.

Non avevo una rete, e come risultato non portavo nuovi clienti. Di solito lavoravo sotto uno dei contabili. Uno dei contabili *certificati*. Non avevo mai dato l'esame, anche se avevo concluso le attività del corso e avevo anche studiato per darlo.

Mi piaceva la contabilità, ma in realtà non volevo essere una contabile pubblica certificata. Essere nel quadro generale non faceva per me.

Io volevo aiutare le persone a tenere in ordine i libri contabili. Abituarle a un metodo, istruirle un po', tenerle sulla retta via, far quadrare i conti. Mi piaceva cominciare col disordine e finire con l'ordine. E mi piaceva il conforto che davo ai miei clienti quando loro sapevano come gestire i numeri giorno per giorno e tenere in ordine le loro finanze.

Ma, ripeto, non ero una contabile che mette insieme una rete.

Molti miei clienti erano aziende molto piccole, e quasi tutti erano stati assegnati a me dopo avere compilato un sondaggio di ammissione quando erano venuti nello studio di contabilità in cui lavoravo.

Eppure, *qualcuno* aveva chiesto specificamente di me.

Quando il mio cliente si era presentato all'una, quel pomeriggio, avevo capito di chi si trattasse.

Il *perché* era alquanto un po' di più che un mistero.

Avevo fatto un sorriso forzato alla receptionist

arrivata con il mio cliente dell'una, che poi se n'era andata lasciandomi sola con lui.

Il mio cliente dell'una era Mr. Sal Green, detto anche uomo talpa, detto anche il palpeggiatore.

Non gli avevo offerto la mano. "Mr. Green, so che ha bisogno di un contabile per la sua attività."

Lui non aveva risposto subito, però mi aveva *annusata.*

Il piccolo uomo dagli occhi pungenti non aveva nemmeno cercato di nasconderlo. Si era sporto in avanti e mi aveva annusata, letteralmente. Fortunatamente non aveva invaso il mio spazio personale, altrimenti mi sarei ritirata dietro la mia scrivania non appena avessi visto chi era esattamente Mr. Green.

In questo lavoro c'erano rari momenti in cui avrei voluto lavorare per conto mio.

Generalmente sono una persona avversa al rischio, e lavorare in proprio comporta rischi maggiori che lavorare per uno studio affermato. Ma c'erano volte in cui avrei voluto essere la sola a prendere le decisioni.

Nel periodo di Natale volevo sempre prendermi qualche giorno di ferie, ma il personale era ridotto; quindi, tutti avevamo un accesso limitato alle vacanze in quel periodo dell'anno.

Poi c'era il mio desiderio personale, molto occasionale, di prendermi un giorno da dedicare alla salute mentale, un desiderio al quale non cedevo quasi mai come dipendente, ma che quasi certamente mi sarei concessa con regolarità se mai mi fossi messa in proprio.

E poi c'era quel giorno, ancora più raro, in cui un cliente con cui non volevo lavorare entrava nel mio ufficio.

Avevo considerato le mie opzioni. Anche se non avrei finito con il lavorare con quest'uomo – e non lo avrei fatto, perché mi aveva toccata inappropriatamente ed ero abbastanza maledettamente sicura che mi avesse seguita fino al posto di lavoro – sentivo comunque il bisogno di essere professionale. Rappresentavo questo studio, e avevo tutte le intenzioni di...

"Lei è una bella gnocca alla luce del giorno come di sera." Mi aveva guardato vogliosamente il seno, e io sentivo che avrei potuto vomitare.

"Fuori." Non ci avevo pensato due volte. "Esca subito dal mio ufficio. Chiamo la sicurezza."

Detto, fatto. Avevo preso il telefono e li avevo chiamati subito.

Sal Green si era limitato a sorridere. "Lei non è sua, e questo la rende una preda."

Il cuore mi batteva così velocemente e così forte che non ero sicura di avere sentito bene.

"Ma anche se lui l'avesse rivendicata, non avrebbe importanza. Lui è un rudere." Mi aveva indicata. "Glielo dica, la sua specie non ha potere sulla mia."

Il debole suono del mio nome che veniva ripetuto mi aveva fatto ricordare di portarmi il telefono all'orecchio. "Ho bisogno d'aiuto."

Quando avevo finito di spiegare che un cliente si stava comportando in maniera sconveniente, Green se n'era andato. Avevo chiesto alla sicurezza di controllare che fosse uscito dall'edificio, poi avevo denunciato il fatto sia a loro sia alle risorse umane.

La mia capa, Sarah, era venuta, mi aveva dato un'occhiata, aveva detto che ero bianca come un lenzuolo e mi aveva mandata a casa. Mi aveva detto di pensare se avrei preferito lavorare da casa per il resto della settimana. Poi aveva cambiato idea e aveva detto che avrei dovuto prendermi il resto del giorno libero e sicuramente lavorare da casa per il resto della settimana. Se avessi voluto.

Era successo tutto così in fretta. Avevo l'impressione di essere stata accompagnata fuori dall'edificio.

Avevo quasi pensato di essere nei guai, ma Sarah continuava a ripetere quanto fosse dispiaciuta. Lei era chiaramente sconvolta che fosse successa una cosa del genere nel nostro ufficio.

In realtà lui non mi aveva toccata, aveva fatto solo un commento volgare... pedinandomi fino al luogo di lavoro. Ma Sarah sembrava capire quanto, semplicemente, mi fossi sentita intimidita nel mio piccolo ufficio, intrappolata dietro la mia scrivania, tagliata fuori dall'unica uscita.

Avevo annuito, avevo messo il laptop nella custodia, avevo afferrato la mia borsetta ed ero uscita senza discutere.

Ma non ero andata a casa in auto.

Mi ero seduta nella mia auto, con le portiere chiuse con la sicura, finché non avevo sentito che nessun movimento improvviso mi avrebbe fatto perdere il contenuto dello stomaco.

Poi avevo pensato perché mai al mondo dovevo avere una reazione così forte per un uomo troppo sicuro di sé, rozzo, sessualmente inadeguato.

Non avrebbe potuto farmi del male. Non mi aveva nemmeno toccata. Non oggi, comunque.

Però mi aveva pedinata.

Il tipo mi aveva incontrata una volta al bar. Non avevamo nemmeno parlato, non proprio, e non conosceva nemmeno il mio nome. Eppure, mi aveva trovata.

Si era presentato dove lavoravo, e non era affatto preoccupato per le conseguenze: aveva fornito nome, contatti e ogni altra informazione tramite la documentazione di ammissione.

Perché io?

Perché io, dopo un unico incontro casuale che doveva essere stato imbarazzante tanto per lui quanto per me? Era stato buttato fuori da Derek's, dopo tutto, e nemmeno da uno dei buttafuori. Era stato cacciato via da Bain, che era semplicemente uno dei clienti.

Almeno, sapevo per chi era il messaggio che aveva consegnato.

La sua specie non ha potere sulla mia.

E che cazzo? Uomini muscolosi, con sorrisi stupendi, che hanno tutte le donne che vogliono non hanno alcun potere su piccoli uomini talpa che si sentono in diritto di molestare donne ricevendo calci?

Ugh. Avevo appoggiato la testa contro il volante.

Ma poi mi ero ricordata dell'altra cosa strana che l'inquietante, manesco Sal aveva detto. Aveva menzionato qualcosa su di me, sul fatto di non essere rivendicata. Era un qualche modo strambo, vecchia maniera, per dire single? Non portavo un anello. Forse intendeva non sposata.

Non che il mio stato civile fosse affare di quel tizio.

Niente di me era affare di quel tizio.

Un bussare sul finestrino, a pochi centimetri dalla mia testa, mi aveva fatto gridare e saltare sul sedile.

"Ms. Adams?"

Avevo guardato la faccia dispiaciuta di una delle guardie della sicurezza e mi ero sentita una completa stupida. Avevo abbassato il finestrino, perché era evidente che voleva parlare con me.

"Va tutto bene?" aveva domandato. "Una delle impiegate ha detto che era nella sua auto e sembrava turbata. Dopo quello che è successo, pensavo... Uh, forse una sua amica potrebbe accompagnarla a casa?"

Avevo scosso la testa, perché chi cazzo sarebbe stata?

Non Tammy, né Louise. Avevo già stabilito che non erano vere amiche, e io adesso non avevo bisogno del loro giudizio né della loro compassione.

Avrei potuto sempre chiamare mio fratello o mio padre... e avrei ufficialmente perso la testa.

Per niente al mondo potevo dare al mio iperpro-tettivo padre e al mio so-tutto-io fratello motivi per impicciarsi dei miei affari ancor più ridicolmente di quanto già non facevano. Volevo a entrambi molto bene, ma loro potevano essere un po' troppo. La loro tendenza a intromettersi inappropriatamente nella mia vita era semplicemente aumentata da quando era morta la nonna, alcuni anni fa, e poi ancora di più da quando William, il codardo fedifrago, aveva invitato alcune donne a dondolarsi sul suo pene a matita e io avevo messo fine al nostro fidanzamento.

Avevo stampato sulla faccia un sorriso fiducioso. "Sto bene. Avevo soltanto bisogno di un secondo per me stessa, ma sto del tutto bene per guidare." Dopo avere sbirciato discretamente il cartellino col nome, avevo detto, "Grazie, Mike."

"Se è sicura."

Lo avevo rassicurato che lo ero, poi ero uscita dal parcheggio prima che potesse fare altre storie.

Tutto a causa di un uomo sgradevole e inadeguato che mi aveva pedinata fino al lavoro e poi aveva fatto commenti sessualmente allusivi nei miei confronti.

D'accordo, era stato davvero brutto, e cercare di minimizzare non aiutava. Era abbastanza maledettamente chiaro in base a come mi tremavano le mani mentre stringevo il volante.

Mi conoscevo, ed ero spaventata.

Non volevo tornare a casa mia spaventata.

Avevo inspirato profondamente. Mi serviva un piano, e quello che stava prendendo forma nel mio cervello sembrava un'opzione valida quanto un'altra.

Avevo accostato al primo distributore che avevo visto. Mentre la mia auto faceva il pieno, avevo richiamato l'app delle mappe sul telefono.

Cinque minuti dopo, col serbatoio pieno e la destinazione programmata, mi ero messa in viaggio.

Più mi allontanavo dal lavoro, più chiaramente riuscivo a pensare, e con le idee più chiare avevo detto, "Sai che roba. Quindi, sarei una fifona."

Primo, era *lecito* avere paura. Quelle erano le mie sensazioni, punto. Quello che succedeva dopo era sotto il mio controllo, ma non potevo agitare una mano e non fare la paurosa solo perché sì.

Secondo, dovrei veramente fidarmi del mio istinto. L'ultima volta che avevo provato una reazione viscerale simile nei confronti di un'altra persona era stata quando un ragazzo, nel dormitorio del college, aveva bloccato l'uscita della lavanderia comune. Qualcun altro era entrato e io ero uscita. Fine della storia.

Quasi fine della storia.

In seguito, avevo scoperto che il tipo era stato espulso dal campus dopo che aveva violentato la sua ex.

E, terzo, io non andavo in giro con la paura delle persone. Ero perspicace nella mia paura. Palpeggiatori molestatori e picchiatori di ragazze. Era una lista corta e facilmente giustificabile.

Dovevo fidarmi del mio istinto.

Ed eccomi qui, a guidare verso la periferia di Austin, fidandomi del mio istinto.

Avevo acceso la radio, sintonizzandola su una stazione che faceva ascoltare una canzone che parlava di una donna che non avrebbe subito del male da nessun uomo – e non era nemmeno country. Perfetto.

16

BAIN

Taylor era qui. Alla McBain's Distillery.

Sapevo che era lei prima che bussasse alla porta aperta del mio ufficio.

Il suo profumo mi solleticava il naso, e io avevo pensato che stessi avendo un altro flashback.

Ne avevo avuti molti nel corso della settimana passata.

Primo, lei mi aveva spezzato il cazzo, poi aveva infestato i miei sogni con le sue morbide cosce e i dolci strilli. I miei ricordi di quella notte e del mattino seguente avevano persino invaso i miei pensieri da sveglio.

Ricordare il modo in cui guardava, il profumo e la sensazione di lei mi aveva dato un costante arrapamento e un violento caso di palle blu. La mia mano non era sufficiente, non bastava mai.

Ma questo non era un altro flashback, perché il profumo che mi solleticava il naso – l'aria pura delle elevate altitudini mescolata con i prodotti floreali che lei preferiva – diventava più forte.

Poi lei aveva bussato ed era entrata nel mio ufficio.

"Taylor."

Non mi ero alzato, *non potevo* alzarmi, perché ce l'avevo duro.

Lei aveva aperto la bocca per dire qualcosa – poi aveva cominciato a piangere.

Le sue lacrime mi avevano fatto alzare e girare intorno alla scrivania con una velocità straordinaria, ma lei non lo aveva notato.

Si era semplicemente attaccata a me, piangendo sulla mia maglietta.

Io l'avevo stretta delicatamente, accarezzandole la schiena con rassicuranti movimenti circolari mentre pianificavo lo smembramento cruento del morto che camminava che l'aveva fatta piangere.

Mi ero reso conto soltanto qualche secondo dopo che potevo essere *io* la causa delle sue lacrime, e da quel bastardo codardo che ero, non volevo chiedere.

La volevo tra le mie braccia, anche se lei voleva soltanto conforto da me.

Una voce nella mia testa aveva sussurrato, "Specialmente se lei cerca conforto," perché volevo essere quello che le baciava via le lacrime, che combatteva le sue battaglie, che sconfiggeva i suoi demoni.

Io e nessun altro.

Le sue lacrime erano diminuite, poi si erano fermate, e quando lei aveva appoggiato la fronte contro il mio petto inspirando profondamente, avevo capito che si stava riprendendo per parlare, e io mi preparavo alle sue parole.

"Non mi ero resa conto che avrei avuto bisogno di un buon pianto. Lo avrei fatto prima, in auto, se avessi saputo quanto sarebbe stato utile." Sembrava stranamente calma. Aveva tirato su col naso e aveva fatto un passo indietro, poi aveva rovistato nella borsetta alla ricerca di un fazzoletto.

Dopo essersi asciugata gli occhi e avere soffiato il naso, si era raddrizzata. "Va meglio."

La mia esperienza con le donne che piangevano era limitata, ma il comportamento di Taylor mi sembrava strano. Come se piangere fosse una semplice funzione del corpo che serviva a uno scopo.

Avevo esaminato la sua faccia alla ricerca di segni residui di angoscia, ma lei sembrava composta. Soltanto il rossore degli occhi restava come traccia del suo precedente stato di agitazione.

"Cos'è successo?" Le parole erano emerse più grintose di quanto avrei voluto, ma meglio del ringhiato "Chi devo uccidere?" che la mia bestia preferiva.

Lei aveva alzato gli occhi al cielo, e le sue guance erano diventate di un rosa grazioso. Era imbarazzata nel condividere i dettagli. "Una cosa al lavoro. Mi ha turbata."

"Dovresti dare le dimissioni."

Ero rimasto sorpreso quanto lei dalla mia risposta.

Lei aveva sbattuto gli occhi, il che era successo quando mi ero reso conto che la stavo fissando. La mia bestia era arrabbiata, e io stavo fissando; ciononostante, lei aveva retto il mio sguardo per alcuni secondi.

Taylor Adams poteva essere carina come un'immagine, specificamente una pin-up travestita da angelo, ma era molto più resiliente di quanto mostrasse il suo aspetto.

"Non darò le dimissioni." La sua voce era ferma, irremovibile.

Resiliente e indipendente.

Avevo tranquillizzato la mia bestia. Non ero una creatura tipo licantropo, spinta e portata all'azione da un "altro" me a malapena controllato. Il mio drago e io eravamo due metà di un insieme unificato.

Con tono molto più calmo di quello finora mostrato, le avevo chiesto se volesse un drink.

"Devo guidare."

Ma i suoi occhi mi avevano seguito con interesse mentre andavo al piccolo bar dietro la mia scrivania e mi versavo da bere.

"Quello è il tuo whiskey? Voglio dire, McBain's?"

Avevo annuito, mostrandole la bottiglia. Era una varietà che non avrebbe potuto trovare nei bar del posto.

Dalle labbra le era sfuggito un sospiro sommesso. "Beh, magari un pochino."

"Puoi berne quanto ne vuoi. Mi accerterò che sia tu sia la tua auto torniate a casa sane e salve."

Le ciglia avevano sbattuto contro le guance mentre chiudeva gli occhi e rifletteva sulle mie parole. Quando li aveva aperti, in essi c'era un luccichio deciso. "Sì, Bain Tolliver, accetterò quel drink. Molte grazie."

Il fatto che conoscesse il mio nome completo mi aveva reso assurdamente felice. Io non glielo avevo mai detto, per cui doveva essere andata alla ricerca di quell'informazione. Proprio come aveva cercato me alla McBain's.

Tanto odiavo vederla angosciata quanto ero immensamente soddisfatto che si fosse rivolta a *me* per conforto e aiuto.

Con il drink di fronte a sé e dopo che si era seduta, avevo detto, "Raccontami cos'è successo."

Lei aveva alzato il bicchiere per bere un sorso del

mio whiskey migliore, poi si era immobilizzata. Prima le sue labbra si erano rovesciate in un debole sorriso, poi lei aveva incrociato il mio sguardo e lo aveva sostenuto mentre assaporava il suo primo sorso.

Guardarla bere il mio whiskey mentre lei mi guardava negli occhi era erotico da morire.

Quando aveva abbassato il bicchiere, aveva detto, "Come diamine fai a dare al tuo whiskey il tuo odore?" Inclinò la testa. "O sei tu che hai l'odore del tuo whiskey?"

No.

Non era possibile.

Aveva già fatto commenti in precedenza, ma avevo pensato... impossibile.

"Non sono sicuro di cosa tu intenda."

Tra gli occhi le era apparsa una piccola grinza, come se io fossi una domanda a cui lei non sapeva dare una risposta. Poi aveva sollevato il bicchiere e inspirato. "Cannella affumicata e..." Era arrossita e non aveva finito di esprimere il suo pensiero.

Io morivo dalla voglia di sapere cosa non stesse dicendo. Cannella affumicata e... cosa?

La domanda mi bruciava dentro, perché Taylor non stava descrivendo il mio dopobarba o il mio sapone. Né il mio shampoo o il detersivo per il bucato. Quello che lei stava descrivendo, quello che lei stava fiutando, era incredibilmente più intimo di quello.

Taylor stava percependo il profumo della mia magia.

Una cosa impossibile... A meno che lei non fosse interamente umana.

Ma tutti i miei sensi confermavano che lei era umana. C'era una possibilità, per quanto remota, che lei fosse anche sensitiva, ma quello non la rendeva meno umana né probabilmente in grado di fiutare la mia magia.

L'unica altra opzione non era possibile.

La mia *compagna* poteva fiutare la mia magia.

"Sei sicuro di volere i dettagli?" Lei continuava ad assaporare il suo drink, guardandomi curiosamente.

Io avevo annuito passivamente.

La mia compagna.

La donna della mia anima.

La futura madre dei miei figli.

Impossibile.

Ma poi le sue parole si erano fatte strada tra la foschia del mio shock e della mia incredulità.

"L'uomo talpa è venuto nel tuo ufficio?"

Quando lei aveva annuito, tutte le altre emozioni erano state bruciate sulla scia della mia rabbia furente.

L'uomo talpa era il ratto mutaforma. Quello che aveva osato mettere le mani su di lei.

"*Mia.*" La parola era emersa dal profondo del mio petto, in parte lingua parlata e in parte ringhio.

Lei si era seduta più dritta e aveva rabbrividito. "Scusa?"

La mia rivendicazione era emersa senza pensiero cosciente, spronata dall'istinto. Ma avevo detto la verità.

La *mia* verità.

I sentimenti di Taylor erano più complessi. In conflitto. Era evidente che fosse sia attratta da me... sia diffidente.

Volevo prenderla in grembo e segnarla. Scoparla. Rassicurarla. Ascoltare le sue pene e renderle migliori. Poi scoparla ancora.

Ma aveva bisogno di tempo. E di una spiegazione.

"Ah... Forse dovremmo parlare di questo più tardi." Aveva parlato con tono misurato mentre posava ciò che restava del suo drink sulla mia scrivania con movimenti lenti, deliberati. Aveva percepito la bestia in me e la temeva. "Possiamo continuare un'altra volta."

Questa volta non c'erano lacrime per mascherare la velocità del mio movimento. Avevo girato intorno alla scrivania e mi ero messo di fronte a lei prima che potesse alzarsi.

Non potevo lasciarla andare via.

Se le avessi detto tutto, ero sicuro che lei non sarebbe rimasta.

"Ti voglio." Era l'unica verità che potessi darle, che non l'avrebbe fatta andare via.

Speravo fosse sufficiente.

17

TAYLOR

Nessuno sembrava sorpreso che una donna si fosse presentata nel luogo di lavoro di Bain cercando lui.

Sapevo che l'uomo era un playboy, ma non avrei mai immaginato che le donne lo perseguitassero regolarmente al lavoro.

Perseguitarlo al lavoro…

Dio del cielo, puniscimi per essere la cretina ignorante che sono diventata.

Stavo facendo a Bain la stessa cosa che l'inquietante Sal aveva fatto a me.

Ero diventata quello strano tipo di ragazza stalker.

Ma quando avevo avuto quella spiacevole rivelazione, la persona addetta alla reception amministrativa di Bain aveva già indicato il suo ufficio, aspettando pazientemente che mi incamminassi nella direzione che aveva mostrato.

Certo, a spingermi verso la porta di Bain erano state la pressione di una certa donna e le sue aspettative.

Non il fatto che volevo semplicemente rivederlo.

Non quello, affatto.

Avevo bussato, sebbene la porta fosse aperta. Sembrava una cosa educata da fare, visto che la sua assistente non lo aveva nemmeno chiamato al telefono per fargli sapere che stavo per irrompere nel suo ufficio.

Ma poi ero entrata e lui aveva pronunciato il mio nome con quello sguardo incredibilmente intenso, e io avevo pianto sonoramente.

Ero turbata e ne pagavo le conseguenze, ma era bastato uno sguardo a Bain e mi ero lasciata andare a un pianto sgradevole.

Senza sosta, le lacrime scorrevano, il moccio colava, il mascara veniva via, piangevo disperatamente.

E Bain era perfetto.

Lui non era diventato rigido e goffo come molti uomini. Si era limitato a prendermi tra le braccia. Premuta contro il suo petto enorme e caldo, con le sue braccia intorno a me e il suo odore di cannella affumicata, peccato e sesso che mi riempiva il naso, mi sentivo completamente al sicuro.

Ma poi le cose erano diventate strane quando gli avevo detto che aveva l'odore del suo whiskey.

Forse era una di quelle cose tabù. Non dire mai a un distillatore che ha l'odore di alcolici o che gli alcolici hanno il suo odore? Nota mentale. Non che ne sapessi molto di distillatori.

Com'è normale, voleva sapere perché fossi turbata. Gli avevo soltanto fatto colare del mascara nero sulla maglietta, lasciandogli delle strisce, per cui sentivo di dovergli dare una spiegazione.

Quando gli avevo detto che Sal era venuto nel mio ufficio, le cose erano passate dallo strano al teso. E quello prima ancora che avessi la possibilità di menzionare ciò che, in realtà, lui aveva detto o di riferire quel messaggio singolare che lui mi aveva dato.

Bain sembrava arrabbiato per il fatto che Sal si fosse mostrato.

Veramente arrabbiato.

Forse, arrabbiato fino al punto da staccare la testa a Sal, o forse arrabbiato da strappargli dal corpo il bastoncino e le bacche.

Lui aveva borbottato, come un cavernicolo, una certa dichiarazione sul fatto che ero sua – cos'altro poteva significare "mia"? – e io avevo *dato di matto*.

Un uomo come Bain diventa completamente feroce e comincia a comportarsi come un uomo di Neanderthal possessivo, e la mia prima reazione dovrebbe essere uscire dall'ufficio. Probabilmente dall'edificio. Magari anche dal paese.

Bain era un po' (molto) spaventato quando era diventato tutto borbottante ed extra intenso.

E io avevo pensato di scappare... per circa un decimo di secondo.

Ma poi avevo imparato qualcosa su me stessa.

Avevo un debole bizzarro per cavernicoli possessivi che borbottavano-ringhiavano.

No, avevo un debole bizzarro per questo cavernicolo.

Non avrei strisciato sulla scrivania per molestarlo nel suo ufficio.

Quello sarebbe stato inappropriato... o no?

Stavo andando fuori di testa.

Non era possibile che avesse detto che appartenevo a lui. Questo era l'uomo che mi aveva procurato l'orgasmo migliore della mia vita soltanto con le dita e la lingua, e che poi mi aveva scaricata. Niente coccole post-orgasmo. Niente telefonate.

Stavo avendo allucinazioni uditive, perché *quel* tizio non avrebbe detto che io appartenevo a lui.

Quel tizio non era interessato a me.

"Ah... Forse dovremmo parlare di questo più tardi." Avevo posato molto attentamente il bicchiere di whiskey sulla sua scrivania. Era il momento di battere in ritirata prima di imbarazzare me stessa.

Come se piangere sulla sua spalla non fosse stato

abbastanza brutto, gettarmi su di lui dopo avere fantasticato che mi stava mormorando dolci, ringhianti nullità da metà stanza sarebbe stato un passo troppo oltre.

Già, non era interessato a me. Mi stava guardando come se fossi un insetto sotto una lente d'ingrandimento. Forse, il genere che voleva friggere focalizzando la luce del sole.

"Possiamo continuare un'altra volta," avevo mormorato.

Dovevo avere sbattuto gli occhi – lentamente – perché Bain, prima, era seduto dietro la sua scrivania e poi non lo era più.

Era davanti a me, dicendo parole che non ero del tutto sicura di avere sentito. "Ti voglio."

Praticamente, avevo supplicato quest'uomo perché facesse sesso con me.

Mi aveva baciata in un parcheggio, poi mi aveva infilato nella mia auto e se n'era andato.

Aveva solleticato e leccato la mia patatina come una fottuta rockstar, poi era scomparso mentre io ero in coma e mi riprendevo dal magistrale orgasmo che mi aveva procurato.

E *quello* era il motivo per cui non mi ero arrampicata immediatamente su di lui per strofinarmi su tutto il suo sodo corpo sexy.

Con il palmo sul suo petto, avevo alzato lo sguardo sui suoi feroci occhi verdi e avevo domandato, "Ne sei sicuro?" Potevo sentire, più che vedere, il brontolio nel suo petto, ma quello non mi aveva impedito di esprimere i miei pensieri. "Perché tu non sei stato proprio coerente."

"Tu sei mia." Questa volta non c'era spazio per l'ambiguità. E i suoi occhi. Pazzeschi. I suoi occhi erano passati dal feroce al, praticamente, brillante.

Un effetto ottico, ovviamente, ma un effetto follemente eccitante. Sembrava che stesse bruciando... per me.

Ma la sanità mentale non mi aveva del tutto abbandonata.

A parte quella cosa del cavernicolo possessivo, io non ero sua.

Non ero di *alcun* uomo.

Una volta l'avevo provato, e non era finita bene. E William non era nemmeno stato un playboy sexy-da-morire che probabilmente faceva più sesso di cinque rockstar e una squadra di hockey messe insieme.

Abbandonarmi a Bain, affidargli tutto il mio cuore, sarebbe stato molto peggio con lui che non con William. Avrei sempre aspettato il momento in cui sarebbe scivolato via. E lo avrebbe fatto. Come avrebbe potuto non farlo? Lui era così tanto *di più* degli altri uomini. Le donne dovevano cadere ai suoi piedi ogni singolo giorno.

Quindi, non avevo intenzione di essere sua. In

nessun senso permanente. Perché il mio cuore era mio, e di nessun altro. Perché io ero l'unica di cui fidarsi per tenerlo al sicuro.

Ma...

Il mio corpo era tutta un'altra faccenda.

Io volevo il suo corpo, e lui voleva il mio.

Il sesso potevo farlo.

Chi stavo prendendo in giro? Stavo praticamente morendo dalla voglia di fare sesso con quest'uomo.

E quindi, glielo avevo detto, nel modo più chiaro e meno ambiguo che potevo, mentre lo stringevo tra le braccia.

18

BAIN

Ero paziente.

Era una bugia. Non lo ero.

Per niente.

Però potevo aspettare finché Taylor non chiarisse che lo voleva. Che voleva me.

Questa era la mia compagna, e io non l'avrei rivendicata finché non avessi saputo che non aveva riserve.

E poi lei lo aveva chiarito in maniera assolutamente e fottutamente cristallina.

"Voglio il tuo cazzo dentro di me." La richiesta diretta che veniva dalle sue dolci labbra aveva messo in tensione le mie palle, rendendole pronte a esplodere.

Poi mi aveva preso tra le sue braccia, aveva reclinato la testa e mi aveva guardato come se fossi la risposta alle sue preghiere.

E poiché avevo già sentito una volta, in precedenza, le sue sconce preghiere... forse lo ero.

TAYLOR

Bain stava pensando molto più lucidamente di quanto non facessi io.

Mentre lo scalavo come un albero, stringendo le gambe intorno a lui e aggredendo la sua bocca da una posizione di vantaggio molto migliore, lui ricambiava i miei baci riuscendo a raggiungere la porta dell'ufficio per chiuderla.

Magari a chiave.

Non ne ero sicura, perché... Oh. Mio. Dio.

La sua bocca.

Sapeva del suo odore. Come se la combinazione più deliziosa di fumo e cannella, e anche la mia fantasia più grande, prendesse vita.

Mentre la sua lingua si attorcigliava alla mia e lui prendeva il controllo del bacio, una parte di me riconosceva che lui era quasi esattamente quello: l'uomo dei miei sogni che aveva preso vita.

La ferma pressione della sua bocca, il modo in cui le sue labbra prendevano la forma delle mie, il modo in cui lui riusciva un momento a stuzzicare e il momento dopo a comandare, era così simile al mio amante onirico da essere quasi indistinguibile.

Ma questo era Bain. Sexy, corpo sodo, e bello.

Distillatore del liquore più delizioso che avesse mai toccato le mie labbra, padrone di uno, a volte, sconveniente senso dell'onore, salvatore della mia pesca dal palpeggiatore uomo talpa.

Non l'amante dei miei sogni.

Decisamente molto meglio di qualunque sogno.

Le sue grosse mani mi palpeggiavano il culo, io avevo inclinato il bacino *di quel tanto* che permettesse alle sue labbra di divorarmi, e avevo dimenticato tutto tranne Bain. Qui. Adesso.

Sfregavo il clitoride contro di lui, e avevo giurato che avesse ringhiato nella mia bocca.

Signore del cielo, ma quanto mi piacevano quei ringhi che faceva. E mi piaceva ancora di più il fatto di sentire quella vibrazione profondamente in me.

Il torpore bagnato di ormoni e sesso in cui ero caduta era svanito leggermente quando mi ero resa conto che lui mi stava adagiando su un enorme divano in pelle.

Avevo allontanato da lui la bocca quel tanto che

bastava per dire, "Non lo faremo sul divano da sesso."

Lui aveva ansimato una risata sorpresa, e i suoi magnifici occhi verdi si erano arricciati ai lati. "Il divano da sesso?"

Il mio sguardo era scivolato via dal suo mentre rispondevo, "Dove fai sesso con tutte le tue donne."

Non solo non riuscivo a incrociare i suoi occhi, non riuscivo nemmeno a evitare che il naso si corrugasse.

Perché bleah!

Lui mi aveva sollevato delicatamente il mento finché non ero stata costretta a chiudere gli occhi per evitare di guardarlo, cosa che avevo fatto.

Un bacio di farfalla era atterrato sullo zigomo sinistro, poi sul destro. Poi sul mento. Infine, sulle labbra.

Lui era così maledettamente dolce; come potevo non cedere?

Avevo aperto gli occhi.

"Non ho mai fatto sesso su questo divano. Né nel mio ufficio. Né altrove nella distilleria."

"Davvero?" Non mettevo in dubbio la sua sincerità. Credevo che stesse dicendo la verità. Non pensavo che Bain fosse il tipo che mentiva.

Il tipo che aveva molte donne, sì.

Non il tipo che mentiva.

"Davvero," aveva risposto. "A volte lavoro fino a

tardi, ci dormo sopra. Ecco perché è nel mio ufficio. Niente sesso."

Avevo sbuffato. "Beh, *adesso* è il divano da sesso."

Invece di ridere con me, i suoi occhi bruciavano di quel feroce bagliore verde di prima.

Avevo allungato la mano per toccare il lato della sua faccia. Era ipnotico. Non era un effetto ottico. Era...

Il grosso peso del suo corpo mi aveva coperta.

Per un breve momento, avevo sentito tutta la dura lunghezza della sua erezione premere contro di me mentre mi baciava, ma poi lui era scivolato via.

Per inginocchiarsi.

Avrei voluto avere uno specchio. Ero sdraiata con la schiena contro il divano, a gambe spalancate, con Bain inginocchiato davanti a me come un guerriero che adorava la sua regina. Potevo soltanto immaginare il quadro erotico che presentavamo.

Lui si era sporto in avanti per baciarmi, e io avevo allungato una mano per fermarlo. "Aspetta. Potresti..." Potevo sentire il calore nelle mie guance.

Il che era ridicolo.

Avevo raggiunto la fase "cazzo" del desiderio. *Voglio il tuo cazzo dentro me. Quello* avrei potuto dire, ma non, "Ti togli la maglietta, per favore?"

Ero pronta per un evento di sesso. Sostanzialmente, subito. Lo volevo disperatamente. Mancavano centimetri – Signore, ti ringrazio, perché così tanti centimetri – per spezzare la mia terribile astinenza da sesso, eppure ero imbarazzata nel chiedere all'uomo che stava per scoparmi alla follia se poteva togliersi la maglietta?

Il diavolo con le scarpe da ballo non avrebbe potuto essere più felice di quanto lo ero io in questo momento. Eppure, non riuscivo a chiedere quello che volevo. Cosa c'era che non andava in me?

Bain aveva sollevato la mia mano, accennando un bacio delicato sulle mie nocche. "Dimmi. Tutto quello che vuoi, dimmelo e basta."

Solo che ora c'era una cosa, e io non riuscivo a pronunciare le parole. Avevo ammiccato, poi, sostenendo il suo sguardo, mi ero sporta in avanti e avevo tirato l'orlo della sua maglietta.

Lui aveva sorriso.

Non era fascinoso o pieno di umorismo. Era molto Bain, intenso e sexy da morire.

Poi si era tolto la maglietta, lasciando che osservassi il più magnifico muro di petto muscoloso maschile che fosse mai esistito. Una leggera spolverata di peli scuri e una rapida occhiata in direzione sud avevano rivelato addominali assurdi e una debole scia felice che le mie dita volevano seguire molto volentieri.

Mi ero precipitata sul bordo del divano, per poterlo toccare meglio. Perché non potevo *non* toccarlo.

La salda curva dei suoi pettorali, con i capezzoli maschili tesi, implorava di essere toccata, così l'avevo accarezzata e coccolata, ma poi avevo dovuto semplicemente leccarla, perché non avevo mai leccato prima il capezzolo di un uomo. Né mai lo avevo voluto. Ma morivo dalla voglia di leccare Bain.

Leccavo e mordicchiavo, e tutto il suo corpo sussultava.

Ero stata eccitata da ogni singola cosa che Bain aveva fatto. Il modo in cui mi guardava, la feroce luce di passione nei suoi occhi, i suoi baci esigenti, anche il rispettoso tocco delle sue labbra sulle mie nocche...

Ma quel sussulto, che *io* avevo causato, mi aveva fatta talmente bagnare che potevo solo immaginare che là sotto ci fosse come un fiume. Quello era un pensiero leggermente imbarazzante. Ma poi mi ero ricordata la dimensione dell'uccello di Bain, e avevo stabilito che un fiume probabilmente andava bene.

Lui aspettava e mi guardava.

Mentre io fluttuavo con la bocca vicino al suo petto, pensando e ansimando con brevi scatti eccitati che solleticavano la sua pelle e lo facevano rabbrividire, lui aspettava.

E quello mi eccitava ancora di più.

Avevo fatto scorrere le mani sul suo torace fino alla clavicola e poi lungo gli spessi muscoli che coprivano le sue spalle fino ai bicipiti.

Il tutto mentre lui continuava a stare in ginocchio, con i sommessi suoni dei nostri respiri eccitati che facevano da colonna sonora alla mia esplorazione.

Mi piaceva farlo ansimare. Mi piaceva che mi volesse così tanto.

Avevo continuato la mia esplorazione scendendo lungo gli avambracci e i grossi polsi. Quand'ero arrivata alle mani, lui aveva intrecciato le sue dita con le mie e mi aveva tirata a sé per un bacio lento, a bocca aperta, eccitante da impazzire.

Lo sfregamento dei miei seni contro il suo petto mi faceva stare così bene che avevo iniziato ad agitarmi, sfregandoli più decisamente.

Lui aveva gemuto come se provasse dolore, ma il tipo davvero migliore di dolore.

"Posso toglierti il vestito?" mi aveva sussurrato all'orecchio.

Così rispettoso. Così educato.

"Voglio succhiarti le tette mentre ti faccio venire."

"Oh, sì, ti prego. Per favore, sì. Mi piacerebbe molto," avevo balbettato in risposta.

Il Bain educato era eccitante. Il Bain che diceva sconcezze mi aveva fatto perdere la ragione e balbettare come una vergine.

Lui aveva gemuto di nuovo, poi si era alzato, tirandomi con sé. Era stato un lavoro veloce sciogliere i lacci che tenevano il mio vestito in posizione.

La frescura del condizionatore aveva colpito la mia pelle mentre il vestito scivolava sul pavimento, e quello mi ricordava che ero praticamente nuda.

In pieno giorno.

Nell'ufficio di Bain.

Mi ero quasi sciolta, e non per un eccesso di passione.

Ma poi avevo visto l'espressione sulla sua faccia mentre lui osservava le mie mutandine microscopiche (completamente fradice) e il mio reggiseno di pizzo (che incorniciava, più che nascondere, i miei capezzoli eccitati).

Avevo indossato un set coordinato, oggi, perché avevo un nuovo cliente e della lingerie carina mi faceva sentire più sicura di me.

Però, normalmente, mi faceva sentire più sicura di me quand'era *sotto i vestiti*.

I suoi occhi si erano illuminati di quella impetuosa luce verde che avevo trovato così disorientante, eppure così sexy, e le sue narici erano spalancate.

Sapevo già quello che gli sarebbe uscito di bocca prima che lo dicesse.

"Mia."

Poi aveva messo le mani sui miei fianchi, carezzandomi il costato. Un pollice mi stuzzicava il capezzolo mentre l'altra mano era scivolata sotto l'orlo delle mutandine, il tutto mentre le sue labbra mi divoravano.

Non sapevo su cosa concentrarmi. Tutto sembrava... meraviglioso. Avevo sospirato nella sua bocca, sciogliendomi nel suo tocco.

I miei seni sfregavano contro il suo petto, e io avevo cambiato posizione nel tentativo di cavalcare la sua grossa coscia muscolosa.

Ma lui aveva qualcos'altro in mente.

Mi aveva tirata su come se non pesassi niente e mi aveva distesa sul divano, poi mi aveva spogliata dell'intimo con un luccichio carico di passione negli occhi.

L'ultima volta che eravamo stati a tanto così dal fare sesso, io avevo un ferretto che mi pungeva una tetta. No. Oggi no.

Mentre lo sguardo di Bain seguiva le mie curve, io avevo messo le mani dietro la schiena per sganciare la chiusura del reggiseno. Non era una mossa carina, né sexy, ma non potevo evitare di inarcare la schiena per raggiungere la chiusura con gancio e occhiello... la qual cosa spingeva in avanti le tette... la qual cosa rendeva Bain molto, molto felice.

Quella era una mia supposizione, comunque, perché lui si era denudato in meno di due secondi esatti. Quell'uomo poteva muoversi a una velocità sorprendente quand'era motivato.

Mi ero puntellata sui gomiti per avere una visuale migliore.

Era così stupendo. Così bello. Persino magnifico. Ogni piano dei suoi lineamenti, ogni curva del suo corpo tonico. Ogni cosa di lui era – "Oh. Mio. Dio. Non funzionerà."

Aveva guardato in giù, verso l'appendice che aveva provocato la mia reazione, e poi me, con le sopracciglia inarcate. "Funzionerà."

Ce l'aveva spesso e lungo, leggermente incurvato all'insù.

Avendo conosciuto intimamente il mio corpo nel corso dell'ultimo anno – il sesso da soli ha quel vantaggio – sapevo esattamente cosa avrebbe fatto quella curva. Conoscevo quale punto avrebbe colpito dentro di me.

Mentre guardavo, lui aveva afferrato la base del suo uccello e l'aveva schiacciata.

Se la mia dolce trappola prima era stata un fiume, non riuscivo a immaginare quanto fosse bagnata adesso.

Ma sapevo anche qualcos'altro dall'ultimo anno... Ce l'aveva più spesso e lungo di qualunque giocattolo a batteria si fosse avvicinato alle mie parti femminili. Avevo visto giocattoli simili, ma pensavo fossero il tipo che la gente compra come *scherzo*.

Si era avvicinato con fare altero mentre io guardavo le sue gambe muscolose.

Chi prendevo in giro? Continuavo decisamente a tenere gli occhi puntati su quel cazzo mostruoso. Era talmente duro che si muoveva a malapena mentre lui camminava, e io avevo l'acquolina in bocca.

Volevo leccarlo.

Succhiarlo.

Sentirlo diventare ancora più duro dentro la mia bocca.

Quello era qualcosa di nuovo. Mai una volta ho sentito il desiderio di mettere la bocca su un uomo, prima. Solo Bain.

Soltanto Bain.

Si era fermato di fronte a me, e io avevo guardato mentre una goccia di precum colava dalla sua fessura.

Era troppo. Non potevo non assaggiarlo.

Mi ero sporta in avanti e avevo leccato la goccia dall'ampia punta del suo uccello.

Sia lode al cielo, aveva il gusto del suo odore.

Fumo, cannella e peccato.

20

BAIN

Il calore della sua bocca su di me era troppo.

Ero già al limite dopo che lei aveva esplorato il mio corpo con dita delicate e sommesse esclamazioni di passione.

Ma d'altronde, con la punta del mio uccello nella sua bocca, lei mugolava come se non avesse mai assaggiato qualcosa di così buono in vita sua.

Ogni cosa che lei faceva mi eccitava, ma questo... Il suono del suo piacere e la vista della sua bocca su di me mi scioglievano.

L'avevo tirata via delicatamente prima di perdere tutti i freni e scoparle la bocca come se lei, praticamente, me lo stesse implorando.

Non ora.

Forse più tardi.

Si era leccata le labbra carnose.

Decisamente più tardi.

Al momento, volevo rivendicarla. Segnarla. Scoparla. Farla venire così forte da farle dimenticare gli stronzi che erano venuti prima.

Lei era *mia*.

Tranne che...

Taylor voleva sesso. *Soltanto* sesso.

Lei cercava un incontro occasionale quando ci siamo conosciuti. Lo aveva chiamato "piano di prevenzione della riverginizzazione", ma il significato era chiaro. Non era andata da sola in un dive bar per trovare l'unico, vero amore.

Non l'avevo mai considerata una donna da una sera, motivo per cui avevo cercato di stare lontano.

E adesso... Adesso, volevo molto di più.

Ma avrei preso quello che avrei potuto prendere.

Per niente al mondo avrei lasciato perdere la possibilità di scopare la sua stretta, bagnata passera. Di darle piacere. *Di tenerla più vicino a me.*

Il resto...

Per quanto riguardava il resto, me ne sarei preoccupato poi.

L'avevo baciata intensamente mentre le sfilavo le mutandine. La sua bocca impaziente si era ammorbidita, e io avevo domato il mio assalto. Le nostre lingue avevano danzato, e io l'avevo cavalcata sul divano.

Le sue mani si erano posate sul mio petto, poi

erano scese sull'addome, lungo i fianchi e oltre, esplorando, spremendo, carezzando a mano a mano che lei procedeva. Una volta giunta sul mio culo, aveva cominciato a massaggiarmi i muscoli, e le mie palle si erano erette contro il mio corpo.

Nessuna donna mi aveva mai fatto bruciare come Taylor.

Volevo disperatamente affondare nel suo calore stretto e scoparla finché i suoi occhi non si fossero rovesciati nella testa, ma prima dovevo prepararla. La mia ragazza era piccola e stretta. Avevo lasciato che le mani vagassero sul suo corpo, carezzando e coccolando, mentre continuavo a baciarla.

Avevo gemuto nella sua bocca, eccitandomi contro di lei quando la mia mano aveva trovato il suo calore scivoloso.

Così bagnata e desiderosa.

Lei aveva preso il mio dito con facilità, così ne avevo fatto scivolare un secondo dentro di lei, allargando il suo passaggio mentre le baciavo il collo, poi le tette.

Proprio come ricordavo, ce l'aveva stretta e calda, e così reattiva.

Lei muoveva i fianchi ad ogni spinta delle mie dita.

Io sfregavo delicatamente il suo clitoride gonfio con il pollice e il suo passaggio si stringeva intorno alle mie dita.

Avevo mandato giù il ruggito che stava crescendo dentro di me. Volevo farla venire, riempire il suo passaggio aderente e svuotarmi dentro di lei mentre lei veniva ancora. Volevo vedere il mio sperma mescolarsi ai suoi fluidi e macchiare le sue cosce.

La mia bestia voleva che la donna fertile sotto di me fosse gravida di mio figlio.

Taylor non avrebbe mai perdonato quel tradimento di fiducia.

Avevo ritratto le dita. Le sue pareti interne si erano contratte, disperate perché ne volevano ancora, così avevo mormorato tranquille parole di conforto e sussurrato promesse di soddisfazione.

I suoi occhi, di solito di un tenue blu-grigio, si erano scuriti, diventando di un blu più intenso per la passione. E per la rabbia. Lei pensava che io mi fossi allontanato.

Non aveva capito. Allontanarsi non era più un'opzione.

Le avevo baciato il mento, poi mi ero mosso di quel tanto da arrivare ai pantaloni.

Avevo preso un preservativo dal portafoglio. Arrotolarlo per metterlo era un tormento. Ero talmente eccitato che il mio uccello era sensibile al minimo tocco.

Quand'ero tornato da lei, l'accusa era svanita dal suo sguardo e tutto ciò che restava era il desiderio.

Mi ero sistemato tra le sue gambe, baciandole le

ridondanti tette, profondendo attenzione sui suoi dolci capezzoli mentre usavo prima due, poi tre dita, per accertarmi che fosse pronta.

Era bagnata e impaziente; aveva gli occhi colmi di lacrime per il desiderio quando avevo avvicinato il mio uccello alla sua entrata. I nostri sguardi si erano incrociati quando avevo dato una spintarella per entrare. Avevo dovuto mettercela tutta per continuare a guardarla. Volevo gettare la testa all'indietro e ruggire mentre spingevo dentro di lei.

Ma a lei serviva pazienza, e se quello mi avesse ucciso, cazzo, l'avrei dovuto a lei.

TAYLOR

Lo sguardo di Bain non aveva vacillato mentre mi penetrava.

Lui aveva sostenuto il mio sguardo mentre il suo glorioso uccello mi riempiva lentamente, centimetro dopo centimetro.

Era una tortura, la dilatazione quasi bruciava.

Riuscivo a malapena a respirare.

Mi piaceva.

Era il paradiso.

Dopo essersi sistemato completamente dentro di me, aveva aspettato.

Aveva un'espressione feroce. Sembrava un soldato che doveva partire per la guerra. Un cavaliere in partenza per andare a uccidere i draghi.

Ma tutta quella ferocia repressa era pura espressione della sua passione trattenuta – *per me.*

Mi bruciavano gli occhi, ed ero vicina *tanto così* a piangere.

Piangere mentre facevo del sesso fantastico *non* faceva parte del grande piano di prevenzione della riverginizzazione. Così, avevo afferrato il perfetto, morsicabile, sodo culo di Bain, e mentre lo spremevo con le mani, avevo dato una bella spremuta anche da un'altra parte.

Cazzo, se i suoi occhi non avevano brillato.

Ma poi non avevo più visto i suoi occhi. Non vedevo più niente, tranne le stelle che tinteggiavano l'interno delle mie palpebre mentre lui spingeva dentro di me.

22

BAIN

Taylor, dolcezza mia, mi guardava con passione e qualcos'altro, qualcosa di più. Poi i suoi occhi si erano riempiti di lacrime, e mentre pensavo che mi si sarebbe spezzato il cuore a quella vista, lei aveva cominciato a mungermi l'uccello con i suoi muscoli interni.

Era una strega.

Una tentatrice.

Una fottuta sirena.

Il desiderio di segnarla era schiacciante.

Ma non era giusto.

Non qui. Non ora.

Avevo mandato giù un lamento.

Non senza spiegazione. Non senza il suo consenso.

I miei fianchi avevano cominciato a muoversi. Se

non avessi potuto avere tutto di lei, avrei avuto questo.

Mi ero concentrato sul farlo bene. Colpi lunghi, lenti, fermi che strisciavano contro il suo punto G, poi spinte più veloci, più brevi che sfioravano il suo clitoride.

Nel momento in cui era venuta sul mio uccello, lei era fuori di sé e urlava il mio nome.

Proprio come avrebbe dovuto fare.

Ma mentre venivo incompleto, io non ero interamente nel momento.

Mi immaginavo senza preservativo, mentre la scopavo senza niente, venire dentro di lei senza barriere tra noi.

Immaginavo che fosse mia.

Completamente.

Interamente.

Mia.

23

TAYLOR

Ogni parte del mio corpo era rilassata.

In nessun modo sarei stata a mio agio con una bestia d'uomo gigante su di me se non fossi stata praticamente senza forze.

Non che volessi che si muovesse.

Magari ero sull'orlo del soffocamento, ma per quel contatto a corpo intero, pelle-a-pelle, che stavo al momento sperimentando, ne valeva la pena.

Per un uomo che aveva molti modi grezzi, la pelle di Bain era vellutatamente morbida. E lui era assurdamente affettuoso e squisito. Sì, eravamo diventati appiccicosi e sudati, ma con Bain, essere appiccicosi e sudati era delizioso.

Inoltre, confessione: in realtà, non mi stava soffo-cando. Non ero certa di come ci fosse riuscito, ma gran parte del suo peso non poggiava direttamente su di me.

Sostanzialmente, era perfetto.

Lui era perfetto.

Huh. Supponevo che provare beatitudine dovesse essere così.

Una parte di me – la parte che non poteva dimenticare quanto facilmente un uomo mi avesse spezzato il cuore – pensava che, forse, questa fosse semplicemente la differenza tra un orgasmo alimentato a batteria e uno provocato da un uomo vero.

Bain aveva interrotto quell'ingiusto pensiero con un respiro profondo udibile. Pensavo che fosse addormentato, ma chiaramente non lo era.

"Mi stai annusando i capelli?" Ero sicura di sì, e perché la cosa era così eccitante?

"Cazzo, sì." Aveva inspirato di nuovo, come se potesse sballarsi soltanto con il mio odore.

Quello. Quello era il motivo per cui era così eccitante.

"Che odore ho?" Non mi ero resa conto, fino a che non era stato troppo tardi, di quanto fosse strana quella domanda. Ma una volta che le parole erano uscite, non avevo voluto riportarle indietro. Volevo sapere.

Lui sapeva di fumo e spezie dolci, come cannella e sesso. E se aveva un odore così riconoscibile, allora forse io ero lo stesso per lui.

"Di paradiso," aveva risposto, senza togliere il naso da dov'era sepolto. Al momento, dovevo avere dei capelli "da sesso", scompigliati.

Di paradiso era un po' generico, però era un sentimento dolce.

Aveva inspirato di nuovo, e il suo petto si era espanso. Con voce bassa e stranamente intensa, aveva detto, "Puro e dolce. Come l'aria sopra le nuvole." Aveva inspirato di nuovo. "E di fiori di ciliegia, ma quello è il tuo shampoo."

Wow.

Non generico. Affatto.

Lui pensava che profumassi come l'aria sopra le nuvole.

Ciò che restava del mio cuore si era sciolto un po'. Non avevo idea di cosa significasse. Forse, una qualche specie di oscura metafora che non riuscivo a capire del tutto. O, forse, come alcune aziende etichettavano certi odori "lino" o "cotone", sebbene né il lino né il cotone abbiano un qualche odore specifico.

Ma a chi importava? Probabilmente, era la cosa più romantica che qualcuno mi avesse mai detto. E venendo da Bain, intenso e feroce, nemmeno lontanamente il Bain poetico, la cosa mi faceva sentire calore dappertutto e sciogliere all'interno.

Mi aveva baciato il punto sensibile, proprio sotto l'orecchio. "Scusa, ma devo alzarmi."

Avevo squittito, perché mentre parlava aveva cambiato posizione e si era mosso. Dentro di me.

E ce l'aveva ancora davvero duro.

Mentre ritraeva il suo enorme uccello dalle mie delicate parti femminili, già sapevo che sarei rimasta indolenzita. La qual cosa mi aveva fatto arrossire.

La qual cosa Bain aveva notato. Aveva fatto un sorrisetto appena prima di andare via e scomparire nel bagno privato, nell'angolo dell'ufficio.

Avevo provato a non sbavare, ma quel culo... Due globi tonici che mi stuzzicavano mentre lui percorreva, come se passeggiasse, i pochi metri fino al bagno. Morsicabile, leccabile, palpeggiabile.

Era riapparso prima che potessi far funzionare correttamente il mio cervello post-orgasmo e scendere dal divano da sesso.

Ero rimasta troppo presa dal guardarlo per pensare di muovermi. L'agio che aveva mostrato nel camminare per il suo ufficio, in pieno giorno, senza lo straccio di un vestito era invidiabile.

Lo volevo anch'io.

Essere così a mio agio nella mia pelle. Camminare nuda senza domandarmi quali parti, che qualcuno potrebbe vedere da una finestra, ballonzolano, se dovessi preoccuparmi del fatto di essere nuda.

Essere sicura di essere sufficientemente – e non troppo – semplicemente quella che sono.

E per la prima volta da quando avevo rotto con

William, mi rendevo conto che la mia relazione con lui forse non era stata così salutare come pensavo.

A parte l'infedeltà. L'infedeltà era stata un macello e indicativa di problemi più profondi, e io, ovviamente, l'avevo capito non appena avevo visto Susie cavalcare il suo uccello. Ma a parte quello, non ero mai stata così consapevole del mio corpo prima che cominciassimo a frequentarci – e all'epoca ero praticamente vergine.

Questi erano i miei pensieri finché ce n'erano, perché c'era un magnifico uccello semiduro davanti alla mia faccia.

Signore che stai nei cieli, volevo ancora succhiarglielo.

Mentre guardavo, pensavo che gli potesse venire ancora più grosso. Cosa che, semplicemente, non era possibile, perché un uomo ha bisogno di tempo tra... no?

Ma d'altronde, Bain era superiore alla media in quasi tutto il resto. Perché non anche il suo periodo refrattario?

Cielo, aiuta la mia tenera patatina, perché volevo fare di nuovo sesso con lui.

E a lui stava *decisamente* venendo più duro.

E io fissavo il suo uccello come una completa pervertita.

Avevo trascinato lo sguardo altrove – un'impresa non facile, perché era semplicemente così bello;

come poteva un uccello essere bello? – solo per scoprire che lui guardava me che guardavo il suo cazzo. E l'intera cosa lo divertiva molto.

Mi ero anche resa conto che teneva in mano un asciugamano.

Ora che non ero concentrata sul suo bell'uccello, lui si era inginocchiato accanto al divano da sesso. Mi aveva baciato l'osso iliaco e poi aveva usato l'asciugamano caldo sulle mie parti tenere.

Probabilmente una borsa del ghiaccio sarebbe stata più indicata, ma questo mi aveva fatto stare meglio.

La tenerezza del suo tocco e il riguardo dell'atto mi avevano fatto bruciare gli occhi.

Avevo spalancato gli occhi e pensato a cose spiacevoli – perché non sarei stata toccata dalle sue azioni. Non avrei pianto lacrime sentimentali.

Non c'era futuro per me e per la creatura divina che al momento si prendeva cura delle mie parti femminili. Niente affatto.

E come per magia, ecco lì i miei sentimenti appiccicosi e i pianti sentimentali che stavano formandosi.

Nessun futuro. Forse un'altra volta o due di sesso assurdamente fantastico, ma niente di più.

Quello era deprimente come l'inferno.

Noi non potevamo essere più diversi. Io, con il mio lavoro da contabile e, nel cassetto, ragazzi alimentati a batteria e confezioni risparmio di batterie. Lui, con il suo corpo da pubblicità di palestre, il whiskey quasi-meglio-del-sesso e gruppi di Susie pronte-da-scopare.

Avevo alzato lo sguardo e avevo visto Bain ancora nudo e accigliato.

"Perché sei venuta qui?" aveva domandato.

"Tu sì che sai come far sentire una ragazza benvenuta," avevo borbottato mentre andavo in cerca del vestito.

"Sono felice di farti sentire... *benvenuta* quante volte vuoi." L'espressione accigliata era scomparsa, sostituita da un sorriso impertinente.

Lo avevo guardato storto mentre mi allacciavo il vestito. Si stava prendendo gioco di me? Però – avevo abbassato lo sguardo – no, assolutamente non era così, perché c'era quel bel cazzo suo, completamente duro e pronto all'azione. Caaaaazzo. "Um... Non adesso, grazie."

Il suo sorriso si era allargato. "Adesso che ho chiarito di essere a tua disposizione ogni volta che – in qualunque modo – ti piaccia..."

Aspetta, cosa? Ogni volta? In qualunque modo? Accidenti. La mia patatina poteva essere tenera, ma io non ero morta da quelle parti. E adesso, ero tutta bagnata ed eccitata e infastidita.

Bain aveva afferrato i jeans dal pavimento e se li era infilati, facendo a meno dell'intimo. Quello non mi sembrava sicuro. Per niente. Non con quell'uccello mostruoso, tutto duro e...

Lode al Signore e al corpo generosamente dotato, meravigliosamente muscoloso, di Bain; gli sarei saltata addosso se non fossi riuscita a evitare pensieri sconci.

"Forse puoi dirmi perché sei venuta alla distilleria. Hai detto che l'uomo del bar è venuto nel tuo ufficio, e poi..." Aveva inclinato la testa.

"Mi hai violentata?" avevo proposto.

Lui aveva inarcato le sopracciglia. "L'ho fatto?"

Mi ero morsa il labbro mentre riflettevo sulla domanda. Sì e no. Certo, mi aveva violentata nel senso che mi aveva scopata a fondo e bene. Ci aveva messo il tempo che gli serviva e mi aveva fatto venire come non ero mai venuta prima.

Ma violentata? Nemmeno un po' se si considera che lui aveva fatto tutto quello dopo che io lo avevo supplicato per avere il suo uccello dentro di me.

Hmm.

Sembrava divertito.

Poiché ero una donna adulta che, letteralmente, aveva cercato di farsi scopare la sera in cui lo avevo incontrato, non c'era alcun motivo per fare la falsa modesta né per provare alcun tipo di vergogna riguardo al sesso fantastico che avevamo appena fatto.

"Beh, io supplicavo per quello, è stato fantastico

e mi piacerebbe rifarlo." Ma poi mi ero ricordata che non avevo avuto la possibilità di assaggiarlo, e lo volevo davvero, veramente. "Con qualche piccola modifica."

Non avevo pensato che il mio commento potesse sembrare una critica delle sue divine abilità sessuali finché non avevo sentito le sue parole. Da parte mia, non c'era assolutamente disapprovazione.

Prima che potessi ritirare la mia dichiarazione, lui mi aveva fatto un sorriso super sexy. "La cosa mi intriga." In maniera semplicemente rapida, era diventato di nuovo serio e deciso. "Ma non finché non mi racconti della visita del ratto."

Talpa, ma a dire il vero, c'era qualche differenza?

Avevo sospirato. Ricevevo delle spaventose vibrazioni protettive da Bain. Come con mio padre più Thorn, ma circa mille volte di più.

Non ero sicura di volergli raccontare tutto quello che era successo. Avevo rabbrividito ricordando quanto mi avesse fatta sentire a disagio Sal.

"Ti ha toccata?" Il raschio borbottante e ringhiante della sua voce mi aveva fatto venire i brividi, ma i suoi occhi brillanti...

"Cosa sta succedendo ai tuoi occhi?"

Dopo una lenta ammiccata, stavo guardando gli occhi verdi, decisi, di Bain. Decisamente non brillavano.

Bain aveva anche un'espressione moderatamente

curiosa stampata in faccia. "Non sono sicuro di cosa tu intenda."

Quello non era sospettoso. Niente affatto.

Avevo guardato il bicchiere di whiskey – quasi interamente pieno – ancora sulla scrivania.

Bain aveva visto il mio sguardo e interpretato il suo significato, perché aveva attraversato la stanza per andare alla scrivania, aveva afferrato il bicchiere e finito il contenuto in due abbondanti sorsi. "Qui dentro non c'è altro che whiskey."

Non che credessi davvero che Bain mi avrebbe drogata.

Ma d'altronde, non avevo alcun indizio sul fatto che William andasse in giro a scopare alle mie spalle, quindi il mio giudizio, chiaramente, non sempre era grandioso quando si trattava di uomini.

Mi ero schiarita la gola. "Vorrei ancora quel whiskey, per favore. E no, Sal Green non mi ha toccata. Non si è nemmeno avvicinato. Lui è un disgustoso, vile essere umano, ma non ha osato allungare le mani su di me." Di nuovo. Ma era meglio non stuzzicare il nido degli scorpioni.

Dopo avermi versato e portato un nuovo drink, Bain aveva detto, "Cos'è che non mi stai dicendo?"

Avevo sollevato il bicchiere e inalato l'aroma del whiskey. Non avevo alcun dubbio in mente. Aveva lo stesso odore di Bain. E non in senso fugace, qui-e-via. Lui doveva fare il bagno in quella roba. O, forse, aveva una linea di colonie di whiskey che mi erano sfuggite quando, prima, mi ero affrettata attraverso l'atrio.

Avevo inalato ancora. Praticamente, avrei potuto farmi di questa roba. Mi ricordava un po' come Bain mi avesse sniffata i capelli, prima. Va bene, stavo diventando strana. Avevo smesso di sniffare vapori di whiskey e ne avevo bevuto un sorso. Che buono.

Avevo aperto gli occhi. Non mi ero nemmeno resa conto di averli chiusi, ma la cosa aveva senso, poiché mi ero persa nell'aroma del whiskey... e di Bain.

Bain stava aspettando pazientemente che continuassi la mia storia.

"Se uno ti dà una sbirciata, io..." Non riuscivo a pensare a buone conseguenze. Non avevo alcun controllo sull'uomo che avevo di fronte. "Io mi infastidirò," avevo finito, fiaccamente.

Era tornato al suo posto dietro la scrivania e si era seduto. Sarebbe dovuto sembrare ridicolo seduto dietro la sua formale scrivania in legno, a torso nudo e con i capelli disordinati post-sesso, ma era semplicemente troppo attraente. Quegli addominali, le sue spalle, quella mascella, i suoi occhi... No, non sarebbe riuscito ad essere ridicolo né fuori posto nemmeno se ci avesse provato.

Poiché non parlava, dietro mie istruzioni, io ero sprofondata in uno dei due posti di fronte alla sua scrivania. "Sal ha fatto qualche commento inopportuno. Io ho chiamato la sicurezza. Lui se n'è andato."

La mascella di Bain si era tesa e nella sua espressione c'era una ferocia che metteva un po' paura, ma non aveva detto una parola.

"E mi ha annusata." Sembrava una cosa strana da dire, ma anche, forse, rilevante?

Nel petto di Bain era cominciato un brontolio basso. Io avevo stretto gli occhi, canalizzando le parole di nonna: sarà-meglio-che-tu-non-faccia-quella-cosa-ti-ho-detto-di-non-fissare. Il suo brontolio si era fermato bruscamente com'era cominciato.

"Ha detto anche..." Avevo dovuto ripensarci. Avrei dovuto proprio segnarmelo. "Qualcosa su come io fossi una preda. Poi ha cominciato a parlare di qualcun altro, penso che volesse intendere te. Ha detto che sei un rudere. Quella parte la ricordo, ma in realtà è una parola strana per una persona della tua età."

Avevo fatto una pausa, nel caso in cui volesse dire la sua età. Ero leggerissimamente un po' curiosa. Bain non dimostrava più di trenta-trentacinque anni, però aveva già creato una piccola, ma di successo, distilleria di whiskey, per cui potevo tirare a indovinare dal lato giovanile.

Poiché lui non mi aveva illuminata immediatamente, mi ero resa conto che era ancora nel suo comportamento migliore e aspettava che finissi la mia storia.

"Bene, quindi la prossima parte ha ancora meno senso. Ha detto che quelli come te non hanno alcun potere su di lui. No. Non è esatto. Ha detto che la tua *specie* non ha potere sulla sua."

Ero piuttosto fiera di me stessa per avere ricordato tutto quello. Però, se mi aspettavo una pacca sulle spalle da Bain, quello non sarebbe successo tanto presto.

Lui era in piedi, e si stava mettendo il resto dei vestiti.

E una volta finito, mi aveva lanciato le mie scarpe. Delicatamente e una per volta, ma le aveva lanciate.

Buona cosa che le avessi prese, perché erano scarpe davvero carine. Quelle che avevo messo quando lo avevo conosciuto, a dire il vero.

Le avevo strette al petto, ricordando com'era intervenuto e aveva sistemato Sal. Io non avevo chiesto. In effetti, ero pronta per un assalto frontale al bastoncino e alle bacche dell'uomo talpa. Col senno di poi, mi ero resa conto che Sal era qualcosa di più del bullo pervertito che dimostrava di essere. Probabilmente, non volevo sapere cosa sarebbe successo se Bain non fosse intervenuto.

"Sono fuori ufficio da adesso." Le istruzioni che

Bain aveva dato alla sua assistente, all'intercom, mi avevano riportato al presente.

Niente di terribilmente strano se si prendeva il pomeriggio libero. Probabilmente.

Quando lei gli aveva parlato di una riunione più tardi, in giornata, lui le aveva detto di riprogrammarla mentre si metteva i calzini e le scarpe.

Le aveva detto di riprogrammare *tutte* le sue riunioni.

Quello non era preoccupante. No.

Ma quando lei gli aveva chiesto quanto sarebbe stato via, e lui aveva risposto "A tempo indeterminato," non avevo potuto evitare la verità.

Sarebbero stati cazzi amari per qualcuno.

BAIN

Questa era guerra.

TAYLOR

"Um, Bain? La mia auto è di là." Avevo indicato nella direzione opposta.

Prendendomi saldamente per il gomito e con lo sguardo ovunque tranne che su di me, aveva risposto, "Vieni con me."

A meno che mi sbagliassi, stava scrutando il parcheggio come se cercasse qualcosa. Qualcuno. La cosa sembrava semplicemente sospetta.

"Oh. Mio. Dio. Sei un criminale."

"Cosa?" Quello aveva attirato la sua attenzione. Almeno, finalmente, mi aveva guardata, anche se continuava a trascinarmi verso un SUV dall'aria costosa. "Non sono un criminale."

"In fuga dalla legge? Un'ingiunzione arretrata?" Perché era un criminale. Perché Bain era veramente troppo bello per essere vero.

Alla fine, aveva smesso di muoversi. "No. Non sono ricercato dalla polizia. Mi faresti il piacere di venire con me?"

Avevo alzato lo sguardo per osservare la sua espressione feroce. Cosa faceva diventare così intenso e feroce quest'uomo?

Quando ero stata molestata. Quando avevo pianto sulla sua spalla per il lavoro. Quando gli avevo detto *perché* avessi bisogno di piangere.

Diventava feroce e spaventoso *quando mi proteggeva.*

"Oh, merda. Tu pensi che io sia nei guai."

Mi aveva fissato intensamente.

Io avevo ricambiato lo sguardo fissandolo, perché non poteva eludere questo. Avevo bisogno di sapere.

Alla fine, lo aveva ammesso. "Può darsi."

"Tu pensi che l'uomo talpa mi causerà problemi." Il che, sinceramente, non mi sembrava probabile. Sal non faceva *così* paura. Non ora che ero molto lontana da lui. E decisamente non in confronto a Bain.

"Non è una talpa, è un ratto. E i ratti girano in orde." Vedendo il mio sguardo confuso, aveva detto, "In gruppi molto grandi."

A dire il vero, non coglievo più la metafora. "Per essere chiari, stai dicendo che Sal ha un gruppo di amici degenerati."

"Sostanzialmente."

"E che loro provano una specie di strano rancore contro di me – e te? Tutto per uno stupido incidente in un bar?"

"Sei tu che vogliono. Per quanto riguarda me vogliono... farmi male."

E quella non era affatto la parola che avrebbe voluto usare. "Oh. Mio. Dio. Non sei un criminale. Un gruppo di criminali ti vuole *morto.*"

Lui aveva riflettuto su questo, come se fosse una specie di grosso puzzle e non come se ci fosse semplicemente una taglia sulla sua testa. "In pratica."

E poi mi era venuto in mente che... "È tutta colpa mia. Se tu non avessi affrontato Sal perché lui mi aveva toccato la mia pesca e poi aveva voluto che mi scusassi..." Mi ero fermata per pensare a quello che stavo dicendo. "Um, non è affatto colpa mia. Non è affatto colpa tua. Sal è un pazzo di merda."

Bain sembrava riflettere sulle mie parole. Come se non stessi dicendo la verità nella sua forma più semplice. "In pratica," aveva ripetuto.

Perché avevo la sensazione che Bain stesse omettendo alcuni capitoli di questa storia?

Aveva fatto un suono impaziente. "Ti prego, vieni con me. Devo portarti fuori dalla città."

Potevo sentire i miei occhi strabuzzare, perché... *Fuori dalla città?*

Aveva di nuovo scrutato il parcheggio, poi aveva detto, "Non nel senso di rapirti-vestita-della-tua-pelle."

Un suono che era metà piagnucolio, metà risata mi era gorgogliato nel petto ed era uscito. "Prima non pensavo a quello, ma *adesso* sì."

Si era preso la nuca e si era guardato di nuovo intorno nel parcheggio. I suoi occhi avevano lampeggiato di verde quando in lontananza era stata sbattuta la portiera di un'auto.

"Quello!" Avevo indicato i suoi occhi. "Non me lo ero *immaginato,* non era un'*allucinazione,* non lo avevo visto *da ubriaca.* I tuoi occhi hanno brillato."

Forse sembravo un po' isterica. Potevo permettermelo. Gli occhi di Bain avevano *brillato.* E non era la prima volta. Era come se, ogni volta che succedeva, me ne dimenticassi finché non succedeva di nuovo.

Aveva scrutato di nuovo il parcheggio, poi si era rivolto di nuovo a me con quel medesimo luccichio feroce negli occhi – e mi aveva baciata.

Mi aveva preso la nuca col palmo della mano, e le sue labbra erano atterrate sulle mie.

Per quanto feroce potesse essere il suo umore, le sue labbra sulle mie erano delicate. Mi persuadeva, mi leccava e mi mordicchiava finché non ero *io* quella insistente e aggressiva.

E quello mi aveva fatto brontolare il petto con il gemito più sexy di sempre.

Con le mani sulle mie braccia, mi aveva tenuto in posizione mentre si allontanava. I suoi occhi erano fissi sulle mie labbra, che mi spronavano a leccarle. Il suo gemito di frustrazione era profondamente soddisfacente. Chi l'avrebbe mai detto che ero una civetta? Non io, fino a questo preciso momento.

"Cazzo," aveva borbottato. Poi aveva scrutato l'area ancora una volta. "Ti fidi di me? Non con la testa. Con l'istinto."

"Sì," avevo risposto senza esitazioni. Quello era il mio istinto.

La mia testa? Avevo considerato ciò che sapevo di lui, e sì, anche la mia testa si fidava di lui.

Avevo fatto un terribile errore nel fidarmi di William. E col senno di poi, mi ero resa conto che i segnali c'erano sempre stati. Commenti sul mio aspetto e sul mio comportamento. La pausa di cui aveva avuto bisogno prima di dichiararsi. E per essere veramente sincera con me stessa, la mia stessa esitazione iniziale quando mi aveva chiesto di sposarlo.

Il mio primo pensiero era stato: *Sì, non riesco a immaginare la mia vita con qualcun altro.* Era stato più tra le righe di: *È il momento giusto e voglio bambini e siamo insieme da cinque anni.*

Le azioni di William non erano sempre state in linea con le sue parole, e anche le sue parole non erano sempre state ciò che avrebbero dovuto essere.

E nel profondo del cuore lo sapevo. Peggio, avevo ignorato quella conoscenza e anche i miei stessi sentimenti per il futuro che credevo di meritare. Un futuro riempito con un marito e dei figli. Una vita insieme a qualcuno che amavo.

Qualcuno.

Non *William.*

Ma Bain...

Bain non era William.

Lui era più azione che parole, ma a parte quello, i due sembravano somigliarsi maledettamente piuttosto bene.

"Vieni con me." Lo sguardo verde di Bain – non luccicante, ma sexy e intenso – era fisso nel mio. "Ti prego."

Non avrei permesso ai suoi occhi graziosi e ai suoi sguardi sensuali di sciogliere il mio cervello.

Cosa, a mente lucida, mi aveva chiesto?

Avevo stretto gli occhi, ricordando la conversazione che aveva avuto con la sua assistente. "Fino a quando?"

"Finché non avrò risolto questo problema." Non sembrava nemmeno dispiaciuto per la sua risposta sono-solo-i-fatti-signora.

Avevo alzato gli occhi al cielo.

"Non so dirti fino a quando, perché non so cos'hanno pianificato."

Avevo arricciato il naso. Avevo una vita. Un lavoro. Cose da fare.

Ma poi mi era venuta un'idea. Una che avrebbe reso la mia patatina, tenera com'era, molto felice. Il dio del sesso di fronte a me era come se mi chiedesse di andare a vivere con lui... in maniera indiretta.

Non avevo detto a me stessa che meritavo del buon sesso? Questo era, potenzialmente, molto buon sesso. Chi volevo prendere in giro? Sesso assolutamente fantastico, del tipo scopami-più-forte-subito.

E chi volevo prendere in giro con quella sciocchezza del "ho una vita"? Non avevo una vita, e la mia capa aveva già approvato che lavorassi da casa, almeno per qualche giorno.

Avevo sorriso. "Dormiremo nello stesso letto?"

Era sembrato confuso dalla mia domanda. "Sì?" aveva risposto con esitazione.

Potevo pure essere nel parcheggio di una distilleria, in procinto di prendere una decisione molto brutta, o anche peggio, essere il bersaglio di un gruppo di bulli e di delinquenti per fare chissà quale fine, tuttavia trovavo divertente vedere Bain, un uomo così sicuro in così tante cose, che mi guardava con un barlume di incertezza nei suoi begli occhi verdi.

Mi ero avvicinata e avevo messo la mano sul suo

petto, strofinando la zona tra i pettorali. "La tua offerta di quando vuoi e come vuoi è ancora valida?"

"Sì." Nessuna incertezza. Nemmeno un po'. Sembrava come se volesse divorarmi nel miglior modo possibile.

"E spiegherai tutte le parti che stai tralasciando." Mi ero accigliata ricordando il suo commento "fuori dalla città". "Aspetta, dove stiamo andando?"

"Al mio cottage, appena fuori città."

Hmm. Quello non era inquietante. *Salga in auto, signora, così posso portarla nel mio cottage isolato tra i boschi.* Il che era esattamente il motivo per cui mi ero domandata se potessi fidarmi di lui. Ma avevo ancora bisogno di risposte. Più prima che poi.

"E le spiegazioni?" Avevo aspettato, con il palmo sul suo petto.

La sua mascella si era tesa, poi lui aveva detto, "Spiegherò. Dopo che saremo usciti dalla città. Poi ti farò vedere."

Farmi vedere?

Bain aveva allungato un braccio e aveva fatto correre il pollice lungo il mio sopracciglio.

Il cipiglio sulla mia faccia era diminuito.

"Quando saremo fuori città, ti spiegherò tutto. Ho anche degli ausili visivi."

Lui poteva anche prendere in giro tutto come voleva, bastava solo che fosse chiaro su tutto quello che stava succedendo qui. Chiaramente, c'erano molte cose che non capivo. Però, credevo veramente che Bain mi volesse al sicuro.

"Ci sto." Avevo piantato i piedi prima che mi trascinasse al suo lussuoso SUV. "Mi serve il laptop per lavorare."

Aveva scambiato le direzioni, con la mano saldamente sulla parte inferiore della mia schiena.

"E vestiti da casa mia." Se dovevo andare a vivere con Bain, il dio del sesso – anche se era per sfuggire a degli idioti criminali – mi serviva una borsa. Una piena di graziosa lingerie e articoli da toeletta che non mi avrebbero fatto squamare la pelle né trasformato i capelli in paglia.

Lui non era sembrato felice, ma non si era nemmeno lamentato.

26

BAIN

Non avevo una fottuta idea di quanti ratti ci fossero nell'orda di Sal, e quello era un problema.

Non essere a conoscenza di quello mi metteva in una posizione di svantaggio.

E quello svantaggio mi rendeva nervoso e teso, il che a sua volta ostacolava la mia capacità di convincere Taylor a venire con me.

Non ero coinvolto nella scena dei mutaforma locali. Non socializzavo con *nessuna* delle persone magiche di Austin.

Essendo il superpredatore di un territorio, risolvevo molte dispute prima che cominciassero. La mia arroganza nell'affidarmi a quel precedente e la presunzione che nessuno mi avrebbe rotto i coglioni perché ero un drago erano state un errore strategico.

Quando mi ero trasferito nella zona, mi ero tenuto in disparte, pensando di creare qui una buona vita ed evitare le stronzate politiche.

Un errore, perché i fottuti idioti del mondo, come Sal, percepivano la mia mancanza di coinvolgimento come una debolezza.

E poiché apparivo debole, Taylor ora era a rischio.

Sal la voleva. Quale uomo non l'avrebbe voluta? Lei aveva la figura di una pin-up, la faccia e il cuore di un angelo, e un sorriso che poteva mettere in ginocchio un uomo.

Lui non avrebbe potuto averla.

Lei era *mia*.

In verità, adesso, ma anche settimane prima, quando il ratto aveva messo per la prima volta gli occhi su di lei, io l'avevo rivendicata. All'epoca avevo mentito, e quando Sal aveva cercato conferma della mia rivendicazione, non ne aveva trovata alcuna. Il mio odore avrebbe dovuto essere su tutta lei, e non c'era.

Ma la mia parola avrebbe dovuto essere sufficiente. *Sarebbe* stata sufficiente se il ratto non mi avesse percepito come una specie di smidollato senza artigli, senza fuoco.

Sal e i suoi accoliti pensavano che la popolazione di una città e la tecnologia del ventunesimo secolo mi avrebbero tenuto a bada. Pensavano che sarei stato neutralizzato dalla vita moderna.

Si sbagliavano.

Se Taylor fosse stata al sicuro, non avrei aspettato a dare la caccia a Sal e friggerlo. Gli avevo già dato un avvertimento, e lui mi aveva rilanciato in faccia quella cortesia. Peggio, aveva minacciato la mia donna.

Doveva morire.

Se la morte di Sal non avesse risolto il problema, sarei andato alla ricerca dell'intera sua orda e avrei fatto fuori tutti, non importava quanti fossero.

Ma Taylor non era al sicuro. Non ancora.

Ero certo che Sal sarebbe venuto per lei. Lei era una fottuta dea, e nemmeno lo sapeva. E divertente. E in gamba. E generosa. E vicina alla sua famiglia.

Non che un ratto molestatore di donne nei bar si sarebbe degnato di conoscere metà di quello.

Ma quello che conosceva era sufficiente. Lui la voleva. Probabilmente, ancora di più perché io l'avevo difesa.

Per quanto volessi cavargli gli occhi, strappargli l'intestino dal corpo e arrostirlo lentamente, finché Taylor non fosse stata al sicuro non avrei potuto fare un bel niente.

Sarebbe stato maledettamente difficile tenerla al sicuro se non fosse venuta con me.

Le avevo detto di venire. Quando quello non

aveva funzionato, glielo avevo chiesto. Poi l'avevo pregata. "Ti prego" può essere un'espressione poco utilizzata nel mio vocabolario, ma l'avrei pregata se pensavo che potesse funzionare.

Non potevo semplicemente prenderla – per quanto lo volessi. Lei era la *mia compagna.*

Le avevo promesso una spiegazione – con ausili visivi, che cazzo – e il suo laptop e una fermata a casa sua per fare le valigie.

Alla fine – finalmente, cazzo – aveva accettato di venire con me.

Era venuto fuori che il mio angelo pin-up voleva usarmi per il mio corpo.

Ero combattuto. Il solo pensiero del suo corpo che mi accoglieva di nuovo me lo aveva fatto venire duro. Ma quello non era sufficiente. Volevo che lei volesse *me.*

Tutto di me.

L'uomo e il drago.

La qual cosa richiedeva che le rivelassi di averle nascosto un segreto. Uno importante. Non solo non ero interamente umano, e quindi niente di simile al compagno che lei, probabilmente, aveva immaginato per sé, le avevo mentito.

Cazzo.

Quello era un problema per dopo. Ora, avevo bisogno che lei fosse al sicuro.

Non appena Taylor si era sistemata sul sedile del

passeggero della mia auto – con il laptop che rifiutava di lasciare indietro – la mia preoccupazione era diminuita leggermente. Era improbabile che cambiasse idea ora che si trovava in auto.

Le avevo dato un'occhiata per controllare che avesse allacciato la cintura.

Lei mi aveva scoperto e si era accigliata. "Non sono una bambina. Ho abbastanza buonsenso da rendermi conto di non volere essere scagliata attraverso un parabrezza."

Avevo annuito. Abbastanza giusto. Però... "La mia ultima ragazza è morta in un incidente d'auto. Non aveva messo la cintura."

Beh, merda.

Non avevo avuto intenzione di dirlo.

"Oh, Bain, mi dispiace davvero." La sua voce sommessa era colma di compassione che, in realtà, non meritavo. "Sono una contabile professionista, e non è soltanto un lavoro. È ciò che sono, fino a un certo punto. Sono una creatura abitudinaria e molto contraria al rischio." Aveva sbattuto gli occhi e si era guardata intorno nell'abitacolo dell'auto. "Di solito. Ma metto sempre la cintura. Lo prometto."

Avevo annuito mentre mi tiravo indietro. Cos'altro potevo dire?

Mi fido di te completamente – diversamente da Cynthia.

Era una reazione – perché tu sei la mia compagna, e io morirei se tu rimanessi ferita.

Lei aveva scambiato il mio silenzio per qualcosa di completamente diverso.

"Mi dispiace per la tua perdita. È semplicemente terribile."

Avevo annuito di nuovo, ma le dovevo una spiegazione. Almeno, una parziale. "È tutto a posto. Pensavo che fossimo intimi, ma non lo eravamo. Non proprio."

Non c'era bisogno di specificare che lei mi tradiva. Che lei era una passeggera in quell'incidente d'auto. Che il guidatore era l'uomo che lei vedeva in segreto.

Se Cynthia fosse stata la mia vera compagna e si fosse legata a me, non sarebbe morta in quell'incidente. Le compagne dei draghi difficilmente sono immortali, ma resistono alla morte per cause non magiche. Finché il mio cuore batterà, altrettanto farà quello della mia compagna – bloccando gli attacchi magici.

Non avevo alcun indizio sul fatto che Taylor fosse protetta.

Lei era la mia compagna. Su quello non avevo dubbi. Lo sapevo nelle mie ossa. Nel mio cuore.

Quello che non sapevo era se lei avesse già qualche protezione senza un legame formale in essere.

Un legame che non sarebbe stato possibile formare senza il suo esplicito consenso.

Potevo solo presumere che non fossimo legati e che lei non fosse protetta, a parte il fatto che lei riusciva a vedere il luccichio nei miei occhi.

No. Non poteva esserci alcun legame senza un invito e un chiaro consenso.

Il legame d'accoppiamento era l'unione di due anime. Non accadeva spontaneamente. Né semplicemente perché così volevo che fosse.

Lei *non poteva* essere legata a me, e se non lo fosse stata, allora non avrebbe potuto essere protetta. Senza il legame, lei era vulnerabile come qualsiasi umano.

Era entrata nel mio mondo, al mio fianco, che lo sapesse o no. Quello la rendeva un bersaglio ben oltre il lascivo interesse di Sal nel suo corpo.

Mi si erano contorte le budella. La paura aveva avvolto i suoi disgustosi tentacoli intorno a me e aveva premuto.

Volevo segnarla. Legarla a me. Adesso.

Un problema, poiché non aveva nemmeno la fottuta idea che i draghi esistessero, figuriamoci il fatto che io ero uno di loro. Aveva problemi di fiducia – nessun indizio del perché, solo che li aveva – e io le avevo mentito. In pratica, dal primo istante in cui l'avevo incontrata.

Non andava bene.

Maledizione. Dovevo darmi una fottuta calmata, altrimenti non sarebbe servito a un cazzo se ci fossimo imbattuti in qualcuno lungo la strada verso casa sua.

Peggio, in realtà. Mi sarei trasformato, perché non mi sarebbe fregato un cazzo del mondo e del segreto della magia. Una parte di me temeva che avrei bruciato l'intera, dannata città per proteggere Taylor.

Dovevo darmi una calmata. Incanalare un po' di quelle stronzate zen dalle quali Dex era preso, e trovare un fottuto appiglio.

Un problema alla volta.

Proteggere Taylor era la mia priorità principale. Portarla al sicuro era il lavoro numero uno.

Poi avrei ucciso Sal.

Dopo aver manovrato per uscire dal parcheggio e seguito le sue istruzioni per tornare in città, avevo spiegato che dovevo fare una telefonata.

Dex o Archer?

Ultimamente, Archer era stato uno stronzo inaffidabile. Recentemente, aveva dato buca a Dex e a me alcune volte, compresa la sera in cui avevo trovato Taylor ubriaca da Derek's e l'avevo portata a casa. Stava succedendo qualcosa a quel ragazzo, e al momento non potevo avere seri problemi.

Avevo usato il vivavoce per chiamare Dex.

"Sarà meglio che tu non mi dica che quelle pazze

pupe Van Helsing ti hanno nel loro campo visivo. Potrei strinarti la coda se dovessi avere a che fare di nuovo con loro.”

Avevo lanciato un'occhiata a Taylor, ma lei aveva semplicemente un'espressione tra il confuso e il divertito.

La tensione che stavo trattenendo nelle spalle e nelle braccia si era allentata, e la presa mortale sul volante era diminuita. Grazie a Dex. Il semplice suono della sua voce mi ricordava che non c'ero dentro da solo. Avevo dei rinforzi. Avevo dei cazzuti rinforzi della madonna.

“Sei in vivavoce, e Taylor Adams è qui con me.”

“Oh, merda. Uh, già, scusa, Taylor. Ci siamo conosciuti da Derek's. Eri un po' fuori quella volta. Sono Dex.”

“Certo, mi ricordo di te,” aveva risposto lei con un sorriso nella voce. “Bella risata, barba grandiosa.”

E adesso avrei voluto uccidere Dex.

Niente uccidere Dex. Dex era il mio cazzuto rinforzo.

“Dex, Sal Green ha minacciato Taylor, oggi, al lavoro, e le ha dato un messaggio da consegnare a me.” Avevo lanciato un'occhiata a Taylor, indicandole di ripetere quello che aveva detto a me prima.

“Ah, qualcosa che riguarda la specie di Bain, che non ha potere sulla sua.” Si era morsa il labbro, poi aveva aggiunto, "Scusa. Non sapevo che fosse così importante. Avrei dovuto trascriverlo."

Avevo tolto una mano dal volante quel tanto da stringerle il braccio in maniera rassicurante. "Sei stata grande."

Quando Dex aveva replicato, il suo tono era grave e serio. Sembrava a malapena la stessa persona. Sapeva esattamente cosa intendesse Sal con quella stronzata di messaggio. "Chiamerò Archer. Vuoi Aiden?"

A parte Dex e Archer, che si era trasferito ad Austin per me, avevo un altro amico nella comunità magica: Aiden.

Aiden era un cacciatore di mostri, e se non avessi sistemato rapidamente la mia disputa con i ratti, probabilmente avrei dovuto richiedere il suo intervento. Sarebbe stato meglio un suo coinvolgimento rispetto a un novellino eccessivamente zelante se questa faccenda avesse richiesto più tempo del previsto. O peggio, una delle Van Helsing. Non avevo intenzione di permettere a nessuna di quelle pazze stronze di avvicinarsi a Taylor.

"Non ancora. Sistemeremo noi stessi questa cosa." Auspicabilmente.

Con un po' di fortuna, questa faccenda sarebbe finita prima che la corporazione dei cacciatori di mostri potesse sentirne parlare.

Dex, Archer e io potevamo gestire un gruppo di

ratti... Oppure, ne saremmo stati in grado non appena avessimo capito quanti ce n'erano nell'orda di Sal. Avrei potuto tranquillamente torchiare Aiden per ottenere informazioni, ma avrei dovuto farlo personalmente. Non era una cosa che potevo delegare a Dex.

Caso peggiore, l'orda contava centinaia di ratti servilmente fedeli a Sal. Se fosse stato così, avremmo dato loro la caccia per alcune settimane, e avremmo dovuto coinvolgere la corporazione.

Ma io avevo conosciuto Sal, quindi la mia supposizione era che i suoi seguaci fossero più vicini alle decine che alle centinaia e che lui fosse appeso alla leadership con un filo. Se avessi avuto ragione, questa cosa non avrebbe richiesto affatto tanto tempo.

"Dove ci vuoi?" aveva domandato Dex.

"Di' ad Archer che vada al cottage con le provviste. Ho bisogno che tu voli da Taylor e ti assicuri che non abbiamo un'imboscata che ci sta aspettando. Io, al momento, sono per strada, probabilmente arrivo tra... Taylor?"

"Dovremmo essere lì tra venti minuti, senza traffico," aveva detto lei, poi aveva dato a Dex il suo indirizzo.

"Lo farò." Aveva riagganciato.

"Tutti i tuoi amici sono così seccati quando chiami?"

"Soltanto quelli che meditano nel pomeriggio." Dex era un tipo alla mano quando le sue routine di meditazione, di sollevamento pesi e di lavoro non venivano interrotte. E guai a rompere i coglioni al suo cane. Quello era un buon modo per morire.

Oh, già, e quando non veniva minacciato da un'orda di ratti. Quello era sufficiente per far stare di merda chiunque.

"Così i tuoi amici vivono vicino a me, immagino?"

Non particolarmente, ma poi mi ero reso conto del perché lo avesse chiesto. Quando avevo chiesto a Dex di "volare", intendevo letteralmente.

Noi tendiamo a evitare di volare entro i confini della città in pieno giorno, ma soltanto perché per restare completamente invisibili occorre più sforzo. Un mascheramento parziale è una seconda natura per noi, ma lascia un luccichio percepibile da un occhio magico attento.

Avevo bisogno di occhi su casa sua, e Dex avrebbe potuto arrivarvi più velocemente prendendo la via aerea più breve. Quel bastardo poteva nascondersi al migliore di noi, e sapeva come fare per non essere scoperto da un gruppo di ratti.

"È solo fortuna, immagino, se adesso è vicino."

"A meditare," aveva detto lei, con un accenno di preoccupazione nella voce.

Perché dicevo così tante cazzate, completamente

e totalmente, e lei apparentemente aveva un discreto rilevatore per queste cose.

"Sì, probabilmente stava meditando. Sì, era a casa sua. E no, non è dalle tue parti. Ma fidati, lui può arrivare lì prima di noi."

"Uh-huh."

Non sembrava dubbiosa. Se dovevo indovinare, era preoccupata.

"Ho intenzione di fare tutto quello che posso per accertarmi che tu sia al sicuro."

Molto tranquillamente, ma con convinzione, aveva replicato, "Lo so."

Non avevamo parlato molto per il resto del viaggio, ma non lo avevamo trascorso in completo silenzio.

Taylor aveva acceso la radio – e cambiato stazione.

Avevamo ascoltato per tutto il tragitto musica pop da far sanguinare le orecchie.

Trovare una compagna e innamorarsi non sono la stessa cosa. Uno è primario, l'altro è emotivo. Lo sapevo questo.

Però non lo avevo capito davvero finché non avevo ascoltato musica pop per quindici minuti senza volere sfasciare la radio.

Quello aveva reso felice Taylor. Cazzo, aveva persino cantato insieme ad alcune canzoni.

Se la musica pop la rendeva così felice da

cantare, allora c'era una chiara possibilità che potessi imparare ad apprezzare la musica pop. Lei era stonata e la sua voce non era niente di speciale, ma era un bel suono perché le note erano colme di felicità.

Era stato in quel momento che avevo capito che Taylor non era solo la mia compagna. Lei era la donna di cui mi stavo innamorando.

Era stata una rivelazione profonda, eppure deludente allo stesso tempo. L'amore era grande e in segreto mi aveva sempre terrorizzato. Non è una cosa che a un drago piaccia ammettere; superpredatore qui. Ma non c'era niente di spaventoso nell'innamorarsi di Taylor. Lei era una luce brillante e splendente in un mondo che, a volte, sembrava avere perduto il suo splendore. Innamorarsi di Taylor era stato *facile*. Tenerla? Quello era qualcosa di completamente diverso.

Quand'ero arrivato nel quartiere di Taylor, non avevo ancora avuto notizie da Dex. Poiché non c'era fumo all'orizzonte e nessun drago fluttuava nelle vicinanze gridando avvertimenti, avevo proseguito fino a casa sua.

Avevo parcheggiato sul vialetto di un bungalow ordinato, con mattoni dipinti di bianco e una porta rosa chiaro. Il giardino frontale era un mix caotico di vegetazione spontanea resistente alla siccità, erbe aromatiche e variopinti fiori di campo.

La casa di Taylor era un po' come lei: sana, adorabile e contornata da un po' di selvatichezza intorno ai bordi.

"Nessun commento sulla porta rosa?" Mi aveva guardato con aspettativa mentre si sganciava la cintura di sicurezza.

"È carina. Come te."

Solo che lei non era semplicemente carina. Era eccitante da morire. Ora, non era il momento di pensare al sesso – eppure, stavo pensando al sesso.

Lei era arrossita per quel complimento in chiave minore, e il mio uccello aveva deciso di essere un cazzo.

Priorità.

La sicurezza di Taylor surclassava un cazzo duro di mille volte.

"Ho bisogno che resti in auto. Puoi farlo?"

Lei si era accigliata, poi si era guardata intorno in quel suo quartiere tranquillo. "Va bene?"

"Dex è qui." Avevo lanciato un'occhiata in alto e lo avevo colto mentre girava intorno alla casa di Taylor, in un raggio di tre isolati. "Lui ti terrà d'occhio mentre sei in auto, ma non può vederti dentro casa. Devo dare un'occhiata in giro prima di lasciarti entrare."

Lei aveva annuito, poi mi aveva dato il codice della porta d'ingresso senza fare domande.

Meno male, perché qui non avevo voglia di spiegare tutto. Era già stato abbastanza brutto quando eravamo arrivati al cottage, ma lì almeno avrei potuto trasformarmi senza mascheramento se non mi avesse creduto.

Una parte di me voleva che lei guardasse il mio drago con il medesimo affetto fiorente che avevo visto quando mi guardava in forma umana.

E una parte molto meno ammirevole di me sperava che, lontano da casa sua, lei fosse meno propensa a sentire le mie spiegazioni, a vedere il mio drago e semplicemente decidesse di fuggire.

Ma avevo delle priorità. Lavoro numero uno, portare Taylor in un luogo difendibile, che era il cottage. E prima che potessimo arrivare al cottage, avevo bisogno di controllare che la casa fosse libera cosicché lei potesse preparare una borsa.

Avevo bloccato le portiere non appena avevo chiuso quella del guidatore e mi ero incamminato verso la casa.

Non ero preparato per ciò che mi avrebbe accolto.

Nessun ratto.

Nessuna minaccia.

L'ultima volta che ero stato in casa di Taylor, ero entrato con lei. Non avevo avuto consapevolezza del modo in cui il suo odore permeava lo spazio che lei occupava, perché ero stato distratto dalla donna stessa, rannicchiata tra le mie braccia. Questa volta, la sua fragranza di aria pura, con un accenno di fiori di ciliegia, mi aveva colpito non appena avevo aperto la porta.

Era come camminare in un abbraccio-aroma a figura intera. Uno nel quale avrei voluto affondare e non lasciare mai.

Priorità.

Quella roba dell'amore sentimentale, dopo.

Ora, una rapida perlustrazione.

27

TAYLOR

Il viaggio in auto era diventato teso per un po'. Specialmente subito prima che Bain chiamasse il suo amico.

E non teso nel senso comune.

Teso nel senso occhi luccicanti, pugni stretti sul volante, forse è meglio che guidi *io*.

Ma parlare con il suo amico Dex aveva sollevato gran parte della tensione, dopodiché avevo passato il resto del viaggio a rimuginare su cosa cazzo facesse brillare gli occhi di una persona.

Perché, sì, c'era poco da girarci intorno. Lo avevo visto così tante volte ormai che ce l'avevo appiccicato in testa. Mi piacerebbe sapere come avessi potuto "dimenticarmene" così facilmente le prime volte che lo avevo visto succedere.

Ma più di quello, ciò che volevo sapere veramente era per quale cazzo di motivo non stavo dando di matto completamente.

Gli occhi non luccicano.

Alle persone non succede.

Tranne ai demoni, forse?

Avevo mandato una preghiera silenziosa a mia nonna. Lei era una donna devota, ed era stata quanto di più simile a una madre avessi mai avuto, per cui crescendo avevo ricevuto l'intero trattamento da fedele. Ma non ero una credente. Non proprio.

Però...

Adesso stavo pregando mia nonna *e* Dio affinché Bain non fosse posseduto da un demone, perché lui mi piaceva, mi piaceva davvero.

E, oh, merda, *quello* quando era successo?

Bain era stato un pene deambulante finché non era diventato un cazzo deambulante, e poi era stato la possibilità di una fantastica botta-e-via, ma completamente al di fuori del mio livello. E poi era diventato la mia possibilità di un po' di sesso scopami-più-forte-subito, come nei miei sogni.

E poi mi aveva procurato un orgasmo che rivaleggiava – no, *eccedeva* – le capacità dell'amante fittizio dei miei sogni.

E poi avevamo fatto sesso, e...

Beh, cazzo.

Avevo combinato quella cosa da ragazze di cui gli uomini si lamentano così tanto e avevo sempre insistito che fosse semplicemente una cazzata. Avevo permesso al sesso di giocherellare con le mie emozioni.

Storicamente, avevo sempre provato dei sentimenti per gli uomini con i quali dormivo. Questa volta avevo deciso che avrei preso il mio senza preoccuparmi della parte sentimentale. Non avevo bisogno di avere una connessione emotiva profonda con un uomo solo per avere un orgasmo.

E non mi preoccupava il fatto che un estraneo qualunque che mi procurava un orgasmo avesse intenzione di creare una qualche connessione emotiva profonda. Per favore. Il mio cuore era stato calpestato. Non era pronto a sperimentare alcun sentimento romantico, per cui in nessun modo mi sarei attaccata come una scema a un uomo soltanto perché avrei dormito con lui.

Ma apparentemente, i resti del mio cuore triste e in frantumi potevano essere ingannati dagli ormoni sessuali.

Ovviamente, quello era il problema. Non era come se avessi sentimenti veri.

Ero stata inzuppata nei feromoni di Bain e poi avevo sperimentato una massiccia scarica di felici ormoni sessuali.

Bam!

Insta-non-vero-amore-ma-una-qualche-specie-di-sentimenti.

Il primo passo era ammettere che avevo avuto un problema.

Quindi, ufficialmente stavo riconoscendo il mio problema.

Non stavo provando *veri* sentimenti. Questi erano sentimenti *finti,* pseudo-sentimenti indotti dagli ormoni sessuali.

Il che non era affatto sorprendente. Bain, probabilmente, aveva una qualche specie di feromoni super-carichi. Era possibile, no? Qualsiasi altra cosa di lui era migliore o più grande. L'attività che aveva messo in piedi ne era una testimonianza, come il suo whiskey pazzesco. Signore, quanto mi piaceva quel whiskey.

Lui era più educato, migliore a letto, più carino da guardare, aveva muscoli più grossi. Aveva anche un cazzo meraviglioso. Per non parlare del fatto che mi aveva dato i migliori abbracci di conforto ed era un ascoltatore eccezionale.

Naturalmente, aveva feromoni super-carichi. Semplicemente, erano adeguati a tutto il resto di lui.

Pertanto, tutto quello che mi stava capitando era soltanto una cosa chimica. O biologica. Era la biochimica in azione. Avrei cercato più tardi su Google, ma ero sicura che ci fosse una qualche spiegazione biochimica per i sentimenti finti.

Nessuna emozione reale, quindi nessun problema reale.

Tutto bene.

Ugh, i suoi occhi. Non andava tutto bene, perché la biochimica non spiegava gli occhi da demone di Bain.

E che dire della mia mancanza di preoccupazione cristiana per i già menzionati occhi da demone?

Che ci potevo fare se non ero una cristiana praticante? Ero una brava ragazza del Sud che andava in chiesa la domenica... molto tempo fa. *Non* avrei dovuto essere a mio agio con gli occhi da demone.

Avevo sparato un'altra preghiera al cielo, questa solo per le orecchie di mia nonna, con la quale le chiedevo se potesse mandarmi qualche consiglio.

Un suggerimento.

Un'idea di cosa avrei dovuto fare.

Perché stavo dando di matto perché non davo di matto. Si presumeva fossi pratica, assennata. Non avevo la testa tra le nuvole. In effetti, i miei piedi erano talmente radicati al suolo che a volte mi domandavo se potessi saltellare, non diciamo saltare... o fare un balzo di fede.

Era stato in quel momento che avevo acceso la radio.

E ricevuto una playlist direttamente dal paradiso. Più specificamente, da mia nonna. Era a lei che avevo chiesto indicazioni, dopotutto.

Certo, lei non era per quel tipo di musica che

ascoltavo io, ma non avrebbe comunicato in un modo che potessi capire?

E sì, sapevo di sembrare una pazza.

Ragazza pratica, qui. Non ero il tipo che cercava segnali o risposte tangibili nella preghiera, ma sei canzoni? Tutte con un tema comune: seguire la corrente.

Per me, sembrava decisamente un messaggio.

Avevo mandato un'altra preghiera al cielo. Questa era colma di ringraziamenti e amore per mia nonna.

Poi avevo cantato sulle canzoni.

Non avevo una voce stellare per il canto. Apparentemente, riconoscere i miei sentimenti non veri, indotti dalla biochimica, per Bain significava che non ero preoccupata di fare la figura della sciocca davanti a lui. Ma d'altronde, quella nave era salpata quando lui aveva portato fuori il mio culo ubriaco da Derek's.

Cantare mi rendeva felice, e io avevo bisogno di un po' di felicità. I delinquenti davano la caccia al figo seduto al posto di guida, e probabilmente a me, ed era possibile che fossi io la ragione di quello che stava succedendo. Avevo decisamente bisogno di qualcosa che mi risollevasse il morale.

Avrei preso la piccola fetta di felicità che cantare a squarciagola nell'auto mi dava e ne sarei stata grata.

Quella gioia canterina mi aveva accompagnato lungo il tragitto.

E poi, essa era scoppiata come un palloncino quando Bain mi aveva lasciata sola in auto.

Ma dovevo seguire la corrente. *Vedi che ascolto, nonna!*

Ero al sicuro, perché Dex – che aveva davvero una bella risata, e quello diceva molto di una persona – mi teneva d'occhio. Bain mi aveva detto così prima di andarsene.

Quindi, già, questa ero io, che seguivo completamente la corrente.

Stavo incanalando la corrente.

Ero una cosa sola con la corrente.

C'era talmente tanta concentrazione mentale sulla "corrente" che mi era venuta voglia di fare pipì.

Poi, una lucertola alata della dimensione di un elefante era atterrata accanto al SUV di Bain.

Probabilmente mi ero fatta un po' di pipì addosso.

28

TAYLOR

C'era un lucertolone nel mio giardino anteriore. E mi stava fissando.

Nessun problema.

Perché i dinosauri non si erano estinti o altro.

Almeno, non aveva un luccichio predatorio negli occhi. Era più tipo curiosità.

Avevo fatto una veloce conta mentale.

Non come quella volta che nonna aveva bevuto troppi White Lady e aveva visto gli unicorni nel giardino sul retro, a mezzanotte.

No.

Non come quella volta che Thorn si era fatto di erba davvero tosta e aveva pensato che ci fosse un'invasione aliena.

No.

Non come quella volta che papà era sonnambulo e pensava che io fossi un gatto.

Mi ero data un pizzicotto. "Ow." E, no.

Avevo sbirciato con la coda dell'occhio per vedere se lui fosse ancora lì. Stabilire un contatto visivo con la lucertola volante – allucinazione, sogno a occhi aperti o altro – sembrava una pessima scelta.

Ma poi, mi ero come dimenticata delle pessime scelte e di non morire. "Oh, no. Non i lupinus. Quelli sono protetti in Texas!" avevo gridato.

Su suolo pubblico, ma vabbè. La lucertola-mostro non lo sapeva, e amavo i miei lupinus.

"E la mia lavanda, la stai distruggendo. Lucertola cattiva. Cattiva!"

E avevo perso ufficialmente la testa. Lucertola cattiva? Un conto era seguire la corrente, un altro era perdere completamente il contatto con la realtà.

Una lucertola con le ali?

Aspetta...

"Un drago!" Avevo indicato il drago, che poteva essere anche Dex.

Di solito, non ero così lenta. Potevo anche non avere superato l'esame da contabile certificata, ma solo perché non volevo chiudermi in una stanza e studiare per sei mesi per preparare un esame che mi avrebbe qualificata per fare qualcosa che, in realtà, non mi piaceva. Era abbastanza certo che quello mi aveva resa tutt'altro che lenta.

Ero una donna che conosceva la sua mente.

E una che vedeva lucertole alate invece di draghi.

Davo la colpa al fatto che i draghi non erano reali, e uno al momento stava distruggendo i miei fiori preferiti. Se avessi visto un unicorno mangiucchiare i miei cespugli, probabilmente lo avrei definito un cavallo con il corno.

Quasi sicuro. Quello era il mio stato mentale al momento, moooolto peggio che girare in pubblico ubriaca con i bigodini in testa.

Avevo guardato meglio il drago distruggi-fiori. (Stava ancora sopra di essi con i suoi enormi piedi artigliati.) Era molto più carino di una lucertola. E più spaventoso, ad essere sincera, e non solo per via della sua dimensione. Le sue ali erano gigantesche.

Oh. Mio. Dio.

C'era un drago nel mio cortile.

"Drago," avevo gridato.

"Bain!" aveva urlato Dex.

Bain era uscito dalla porta principale a buona velocità.

"La tua donna può vedermi," si era lamentato Dex, il drago. "Cosa le hai fatto?"

Avevo ignorato Dex il drago e mi ero concentrata sulla domanda importante, qui. "Bain?"

Lui aveva un'espressione accigliata mentre veniva verso di me. Aveva quello spaventoso sguardo feroce, ma adesso, almeno, ero sicura al novanta percento che significasse che era preoccupato per me.

"Una domanda." Quando aveva annuito, avevo detto, "Tu vedi il drago nel mio giardino, vero?"

Dex il drago aveva fatto una brusca risata. "C'è soltanto una risposta giusta, stronzo. Non provare nemmeno tutta quella stronzata del "quale drago, tesoro?". È chiaro che la tua donna può vedermi."

Avevo puntato un dito contro Dex il drago. "Tu taci."

"Caaaazzo, amico. Può anche sentirmi. Che cazzo le hai fatto?" Aveva allungato il lungo collo per guardarmi. "Chiedo scusa per il linguaggio."

Avevo fatto spallucce. "Se c'è un momento per qualche cazzo, questo è quello giusto. Almeno, dal mio punto di vista."

Ma contrariamente alle mie parole, non sentivo il bisogno di lasciar uscire una serie di cazzi. Continuavo a seguire la corrente. Apparentemente, avevo preso sul serio il consiglio di nonna.

"C'è sicuramente un drago nel tuo cortile." Bain aveva chiuso lo spazio tra noi e mi aveva portata dalla sua parte. Aveva rivolto le parole successive a Dex. "Per quale cazzo di motivo stai calpestando i fiori della mia donna?"

Dex, con cautela, si era spostato dai resti dei miei lupinus e della lavanda distrutta sulla strada. Il lato positivo era che per un bel po' avrebbe profumato di fiori, e quel pensiero mi aveva fatto sorridere. Un drago che profuma di lavanda è qualcosa di divertente.

"Volevo soltanto farti sapere che ho arrostito un ratto... o tre. Non morti. Finché non troviamo una strategia per trattare con la corporazione..." Aveva lasciato la frase in sospeso guardandomi nervosamente.

Ero deliziata dall'assurda carineria di un drago dall'occhiata nervosa, tranne per il fatto che stavano nascondendo dei segreti. Molti segreti.

Draghi, ratti arrostiti, una corporazione misteriosa.

Avevo inghiottito un sospiro. Gli uomini e i loro stupidi segreti. Ma d'altronde, Dex non era proprio un uomo, no? Però... lo era, perché lo avevo conosciuto. Magari ero ubriaca, ma ricordavo la sua barba, la sua risata e la sua grossa muscolatura. Non molto altro, ma d'altra parte, c'era da sorprendersi? Non solo ero ubriaca, ma ero coccolata tra le braccia di un dio del sesso che camminava.

"Probabilmente saggia," aveva replicato Bain. "Sebbene siamo stati chiaramente provocati."

Dex il drago aveva inclinato il suo lungo collo. "Hai dieci minuti prima che siano liberi. Di più non sarebbe saggio."

Cosa aveva fatto? Dopo averli "arrostiti". Qualunque cosa significasse, perché non era assolutamente possibile che avesse dato loro fuoco, letteralmente. Non sarebbero sopravvissuti e anche... semplicemente no. Quindi, dopo questa faccenda dell'arrostimento, cos'altro? Li aveva legati usando i suoi lunghi artigli da drago?

"Tieni d'occhio l'esterno," aveva ordinato Bain. "Ho promesso a Taylor che avrebbe potuto prepararsi una borsa, per cui abbiamo bisogno di stare dentro qualche minuto. Saremo veloci."

"E quando avrete finito, vi devo seguire fino al cottage?"

Bain aveva sollevato il mento in un brusco gesto di assenso.

Tre minuti dopo, avevo una borsa pronta. Non ero mai stata così veloce. Qualunque problema potessero causare i cattivi che ci davano la caccia, non volevo essere il motivo per cui ci avrebbero presi.

Non avevo pensato che Sal potesse essere così spaventoso una volta lontana da lui, ma Bain stava prendendo sul serio la minaccia e aveva un drago dalla sua parte.

Peccato che il suo drago era scomparso.

Avevo alzato lo sguardo. Rettifico. Dex era in aria. "Sta fluttuando? Perché non può succedere davvero. Un drago non è un colibrì."

Ma Dex il drago *stava* fluttuando. E lo stava

facendo senza la velocità alare più-veloce-del-visibile di un colibrì. Strani mondi due.

"Magia," aveva risposto Bain una frazione di secondo dopo avere chiuso la mia porta.

Magia è semplicemente un altro nome per la scienza che non capiamo ancora. O così avevo sempre creduto. Ma la fisica di una lucertola volante che fluttua nell'aria mentre le sue ali sbattono lentamente... La mia mente non riusciva a comprendere quella scienza.

Forse era solo perché quel giorno non ero andata a scuola.

Quell'anno.

Quel decennio.

Oh, Signore. Avevo mandato di nuovo una veloce preghiera a mia nonna. *Tieni gli occhi aperti, nonna. Giusto in caso io abbia bisogno di un po' di aiuto extra quaggiù.*

L'ironia di pregare mia nonna morta, con la speranza che fosse sia in ascolto sia in grado di rispondere e al contempo di condannare l'esistenza della "magia" non scientifica, non risultava incomprensibile per me.

29

BAIN

Taylor poteva vedere e sentire Dex.

E che cazzo. *Taylor poteva vedere e sentire Dex.*

"Dov'è esattamente questo tuo cottage?" aveva domandato Taylor mentre facevo retromarcia per uscire dal vialetto.

"A sud-ovest della città. È facilmente difendibile. Non è isolato, ma non ci sono vicini a breve distanza."

"Va bene." Lei sembrava... calma. Shock, forse? Aveva passato una giornata d'inferno.

L'avevo controllata, ma non sembrava scossa né chiusa in sé stessa.

Poi aveva acceso la radio e aveva cominciato a cantare insieme a una terribile canzone anni '80 che parlava di avere fede.

Una terribile canzone anni '80 che stava strisciando nel mio cuore, perché stava rendendo felice Taylor. Potevo sentirlo nella sua voce, proprio come prima.

Mi stavo innamorando di brutto di questa donna.

Una donna che aveva appena visto la forma "draghesca" occultata di Dex.

Quasi tutti i draghi in vita, oggi, possono occultarsi. L'occultamento non è una forma sofisticata di camuffamento. Proprio come il fluttuare non è prodotto dal rapido movimento delle ali di un drago.

È magia. Un tipo di magia che ci ha mantenuto in vita nel corso dei secoli mentre la civiltà si sviluppava intorno a noi.

Soltanto i magici possono vedere un drago parzialmente occultato, e soltanto noi draghi possiamo vedere i nostri fratelli completamente occultati.

Soltanto i draghi e le nostre anime gemelle possono accoppiarsi.

Preoccupante era anche la capacità di Taylor di vedere il luccichio nei miei occhi.

I nostri occhi erano un'indicazione della nostra natura magica, ma soltanto gli umani con qualche antenato magico potevano percepire il luccichio profondo nel nostro sguardo.

Taylor era interamente umana, e poteva vedere il

luccichio dei miei occhi e anche Dex quand'era occultato.

Secondo logica, pertanto lei doveva essere legata a me.

Senza che lo sapesse.

Senza il suo permesso.

Il mio petto si era teso quando un'ondata di panico, a me non familiare, mi aveva colpito.

Lei mi avrebbe ucciso.

Peggio, mi avrebbe *lasciato*.

30

TAYLOR

Avevo fede nel fatto che tutto si sarebbe risolto.

Non proprio, ma quello era ciò di cui avevano parlato le ultime sei canzoni, per cui mi ero arresa ai messaggi niente affatto subliminali e mi ero concentrata sull'avere fede nel fatto che sarebbe andato tutto bene.

Avevo anche mandato una preghierina di ringraziamento su a nonna, giusto in caso avessi le visioni e lei stesse veramente mandando giù consigli dall'alto; non volevo essere scortese. Io chiedevo, lei (alquanto probabilmente) rispondeva, e io avevo scordato almeno qualche buona maniera.

Bain era uscito dalla strada principale ed era entrato in un quartiere rurale prima che potessi spendere troppo tempo contemplando il mio stato mentale – o quanto lontano ci fossimo spinti dalla città.

Ancora qualche minuto ed eravamo giunti alla fine del quartiere, poi avevamo imboccato un vialetto.

Un vialetto molto, molto lungo. Era di ghiaia con qualche solco, per cui Bain faceva avanzare il SUV a passo d'uomo.

"Così eccoci qua, eh?" avevo domandato, cercando di non rimuginare sul fatto che avevo permesso a un uomo relativamente sconosciuto di portarmi al fondo del nulla.

Uno sconosciuto con occhi posseduti dal demonio.

E un drago per amico.

Un *drago* volante, distruggi-fiori, ricoperto di squame, parlante.

No. Non rimuginavo. Seguivo la corrente.

Stavo avendo fede nel fatto che si sarebbe risolto tutto. Inoltre, Bain non era un totale sconosciuto. Sapevo dove lavorava. Le sue parti e le mie parti erano state intime. Non era uno sconosciuto.

E Bain, nel parcheggio della distilleria, mi aveva promesso che mi avrebbe spiegato ogni cosa quando fossimo arrivati al suo cottage.

Quindi, una spiegazione era all'orizzonte.

"Il vialetto è lungo circa un paio di chilometri,

ma non appena supereremo quella curva davanti a noi sarai in grado di vedere il cottage."

Avevo guardato la curva davanti a noi e non avevo potuto fare a meno di pensare che fosse qualcosa di simbolico. Che il futuro fosse un qualcosa di ignoto che si rivelava a singhiozzo ad ogni curva della strada. Avevo seguito la curva quando ero andata in un dive bar per conto mio, per rimorchiare. Un'altra quando avevo ignorato ogni indicazione del fatto che Bain era al di sopra del mio livello e avevo deciso comunque di fare sesso con lui, e ancora un'altra quando avevo ascoltato il mio istinto e mi ero rivolta a lui dopo la mia discussione con Sal.

Il che mi aveva fatto capire che, nel corso dell'ultimo anno, la mia strada era stata particolarmente carente di curve. Da quando avevo scoperto che il mio ex si scopava Susie rompendo il fidanzamento con me, perdendo un fidanzato e gran parte dei miei amici strada facendo.

Però va detto che, in realtà, non è che la strada non avesse curve, ero io che, semplicemente, rifiutavo di vederle. Io continuavo a tirare diritto, a testa bassa, senza correre rischi.

Forse, alcune curve che stavo scegliendo erano un po'... rischiose. Come saltare nel SUV di Bain, incontrare il suo amico mitologico e viaggiare fino al suo "cottage tra i boschi" da film horror. Ma basta con il diretto (rigido) percorso sul quale mi trovavo da sempre.

Thorn mi avrebbe fatto la predica riguardo alle mie scelte. Papà avrebbe provato a mettermi in castigo, dimenticando il fatto che non vivevo con lui ed ero una donna adulta.

Ma io stavo riponendo la mia fiducia in nonna e nei messaggi che volevo credere fosse lei a mandarmi. Inoltre, mi fidavo del mio istinto.

Avevamo superato la curva e... "Huh. È soltanto una casa."

Bain mi aveva lanciato un'occhiata curiosa e io mi ero resa conto che le mie parole, estrapolate dal contesto dei miei pensieri stranamente filosofici, probabilmente erano sembrate sgarbate.

"È carina." Ma poi avevo sentito il bisogno di spiegare. "Non è affatto una casa tra i boschi dove è in agguato un assassino munito di ascia, pronto a uccidere tutti gli ignari studenti del college in un raggio di otto chilometri."

"Guardi molti film horror?" aveva domandato, ancora educatamente curioso.

Almeno, non si era offeso. E, a dire il vero, il "cottage tra i boschi" era più che altro una casa di campagna.

Tanto per cominciare, non c'era un vero e proprio bosco, solo un assortimento di alberi e macchia tipici del Texas centrale. Inoltre, la casa era ben tenuta, un fallimento epico per qualsiasi film horror che si rispetti.

Bain mi aveva dato un'occhiata, in attesa di una risposta.

"Uh, no, niente film horror. Mi fanno troppa paura e mi fanno fare sogni inquietanti."

"Huh." Sembrava pensieroso. Non so per quale motivo, perché molte persone fanno brutti sogni quando guardano film spaventosi. D'accordo, principalmente persone sotto i dodici anni.

Si era fermato davanti alla casa. "Non ci sono assassini muniti di ascia, qui."

Era una casa vecchia, realizzata con grossi blocchi di pietra dalle tonalità calde che spaziavano dal beige al marrone e all'arancione. Il tipo usato nelle strutture vecchie di secoli che punteggiavano il ciglio della strada da Austin a Lubbock.

Aveva un che di rustico, ma riusciva comunque ad essere graziosa. Probabilmente, era dovuto all'accenno di tende vaporose alle finestre e ai fiori piantati intorno alla casa. In base a tutte le apparenze, la casa era ben curata.

E apparentemente, funzionale come trespolo per draghi.

"Quello è normale?" Avevo indicato il tetto. "Dex, ah, che atterra sul tetto di casa tua."

"È il miglior punto di osservazione, a parte il volo." Aveva accostato il SUV a un punto vicino alla porta d'ingresso, poi avrei giurato che le sue labbra si erano increspate. "A parte fluttuare."

Poteva ridere quanto voleva, ma un drago che fluttuava in aria era una stravaganza extra-speciale.

Un drago era stravagante. Un drago parlante, specialmente il tipo che non muoveva la bocca mentre lo faceva, era ancor più stravagante. Ma un drago fluttuante era di gran lunga il più stravagante.

Tutto a un tratto, mi ero ricordata *perché* Dex avesse bisogno di una buona visuale dell'area circostante il cottage.

Avevo gemuto. "Non vogliamo che qualcuno si intrufoli a nostra insaputa, e quello è il punto migliore per tenere d'occhio tutti quelli che si avvicinano alla casa."

"Esatto." Aveva spento il motore, poi si era rivolto verso di me. "Va tutto bene?"

Meglio non rispondere a una domanda estremamente complessa come quella. Invece, ero partita all'offensiva. "Diresti che siamo arrivati al cottage?"

Mi aveva guardata, poi aveva guardato Dex in cima a casa sua. "Tu vuoi una spiegazione, e sei stata più che paziente. Dammi altri cinque minuti. Entriamo e diamo a Dex la possibilità di unirsi ad Archer in aria, così avremo un po' di privacy."

Unirsi ad Archer?

Ma prima che potessi considerare le implicazioni

della dichiarazione di Bain, ero stata colpita da un vivido ricordo.

Non mi era mai successo prima che un ricordo mi desse uno schiaffo da rivoltarmi la testa, ma questo era affiorato così improvvisamente e con una chiarezza tale che sembrava un colpo.

Un'altra casa con pietra calda. Una porta color foglia di tè scura. Rose gialle.

Non la casa di qualche sconosciuto che avevo visto durante un viaggio.

La casa di *Mabel*.

Mabel, la cugina di nonna, quella pazza che ci raccontava sempre i buffi sogni che faceva, che apparentemente predicevano il futuro, e le conversazioni che lei aveva con sua madre e l'ex marito, entrambi deceduti.

Io avevo sempre pensato che fosse pazza.

Finora.

Questa volta, era Mabel la persona a cui la veloce preghiera era rivolta. *Mabel, se riesci a sentirmi, sono tremendamente dispiaciuta per tutte quelle volte che ho dubitato di te.*

Continuavo a non essere così sicura delle sue interpretazioni dei sogni, ma le conversazioni con persone defunte sembravano molto meno folli.

Dagli altoparlanti veniva fuori una canzone che parlava di perdonare sé stessi.

La radio si era accesa da sola. O l'aveva accesa Mabel? O mia nonna?

Oppure lo stesso demone che stava possedendo Bain e che gli faceva brillare gli occhi. Già, un'alzata d'occhi al cielo mentale per quella. Ma nemmeno per sogno un demone mi stava mandando messaggi sul seguire la corrente e avere fede. E sicuramente non sul perdono.

Però *qualcuno* era. Di quello ne ero certa. Perché una cosa era pensare che stavo ricevendo messaggi via radio, tutta un'altra era che la radio si accendesse da sola e poi offrisse un messaggio.

Bain mi aveva guardata, ma la sua espressione rifletteva soltanto una tiepida curiosità. Non sembrava preoccupato, né che la radio avesse una mente sua propria né di me che parlavo con me stessa.

Forse aveva visto la mia confusione, o forse era semplicemente felice di non essere responsabile di almeno una cosa bizzarra che stava succedendo, perché aveva detto, "Non sono stato io."

Se lui non c'entrava niente con quello, perché non ne era scioccato?

Ma d'altronde, gli occhi dell'uomo luccicavano e il suo amico (che era un maledetto *drago*) prima aveva sfidato le leggi della fisica fluttuando, quindi le radio con opinioni probabilmente non sembravano così tanto strane.

Bain era fin troppo a suo agio con tutte le cose inspiegabili che succedevano intorno a noi. Era coinvolto in tutte quante fino alle palle degli occhi.

"Penso che sia il momento per quella spiegazione che ti avevo promesso."

Avevo incrociato le dita, pregando che quello che Bain aveva da dire avrebbe dato un senso a ogni cosa.

Ma sinceramente? Immaginavo che qualunque cosa avesse da dire avrebbe fatto sembrare assolutamente normale la storia della mia famiglia, fatta di unicorni, alieni e allucinazioni di gatti.

Com'era successo che mi ero ritrovata invischiata in tutte queste stranezze? Si pensava fossi io quella pratica, con i piedi per terra, della famiglia.

31

BAIN

Taylor era al sicuro.

Eravamo sulla mia terra. Sia Dex sia Archer stavano tenendo d'occhio il perimetro.

Le avevo promesso risposte quando fossimo arrivati al cottage, e come aveva sottolineato lei: eccoci qua.

Il mio tempo era scaduto.

Le dovevo una spiegazione.

Ma avevo bisogno di toccarla. Sentire le sue curve premute contro di me. Assaporare la sua dolcezza. Ancora una volta, casomai fosse l'ultima volta.

Quando le avessi detto di averle mentito, che le avevo nascosto chi ero veramente, dubitavo che mi avrebbe accolto a braccia aperte.

E quando le avessi detto che era legata a me in maniera così intima, così permanente che non sarebbe stato mai possibile sciogliere? Sarei stato fortunato se non fosse uscita dalla porta, maledizione a Sal e alla sua orda di ratti.

Ero sceso dall'auto e avevo girato intorno per raggiungere il sedile del passeggero.

La mia donna era una tosta.

Vedere il suo primo drago non l'aveva messa in agitazione. Al contrario. Aveva gridato a Dex di togliersi dai suoi lupinus. Se non fossi stato così preoccupato per il fatto che lo aveva visto, avrei riso.

La radio che si era accesa senza motivo l'aveva innervosita, ma poi si era ripresa. Stava gestendo senza problemi tutte le rivelazioni scagliate contro di lei.

Potevo solo sperare che lei accettasse allo stesso modo la rivelazione della mia verità nascosta e quella delle nostre nuove circostanze.

Aveva aperto la portiera del passeggero mentre io mi avvicinavo, e aveva detto, "Allora? Dov'è questa grande spiegazione che mi hai promesso?"

L'avevo tirata fuori dal SUV e l'avevo presa tra le mie braccia.

Le mie intenzioni erano onorevoli, stringerla per un breve istante prima di rivelarle tutto.

Ma poi lei aveva reclinato la testa e mi aveva guardato negli occhi, e io avevo visto desiderio.

Quello era tutto l'invito di cui avevo bisogno. Le avevo preso la nuca con il palmo e l'avevo baciata.

La sua bocca era calda e vogliosa, la sua fame disperata alimentava la mia, e io volevo divorarla.

Non lo avevo fatto. Mi ero preso il mio tempo. Avevo lasciato che si abituasse alla sensazione delle mie braccia intorno a lei, delle mie labbra sulle sue. Avevo mordicchiato l'angolo della sua bocca, seguito la linea. Avevo mantenuto il tocco delicato, persuadendola a rallentare, a *percepire*. Questa potente trazione tra noi non era soltanto attrazione animale. Era di più. Eravamo più dei nostri semplici desideri.

Quando avevo sentito che era rilassata, che il suo irrequieto, ansioso bisogno si scioglieva in un caldo benvenuto, l'avevo premuta più vicina a me, esigendo di più. Il calore era aumentato tra noi come qualcosa di tangibile.

La gonna del suo vestito era provocante e carina, ma era anche pratica. Gliel'avevo sollevata e le ampie pieghe le permettevano di cingermi la vita con le gambe. "Mi piace questo vestito."

"Ti piace il comodo accesso di questo vestito."

"Um-hmm," avevo confermato mentre le baciavo il collo.

Aveva spinto contro il mio petto e si era reclinata all'indietro, alzando lo sguardo verso il tetto. "Dex?"

"Non è qui." Quando la preoccupazione aveva

annebbiato i suoi occhi, avevo aggiunto, "Continua a osservare, ma ci sta dando un po' di privacy."

Lei aveva annuito. "Bene. Buona cosa."

Sapevo che dovevamo parlare. Tanto per cominciare, aveva completamente dimenticato tutto di Archer, il che significava che non aveva collegato il fatto che ci fossero due draghi che pattugliavano i cieli sopra la mia proprietà e oltre.

E dove ce n'erano due, potevano essercene tre.

Ma lei non aveva fatto quel salto. Non ancora. E non lo avrebbe fatto se l'avessi tenuta occupata.

Tutto il resto poteva aspettare ancora un po'.

Dovevo confessare i miei peccati. Rivelare le menzogne che le avevo raccontato. Dirle che eravamo legati. O parzialmente legati. Confessare che non ero esattamente sicuro di cosa fosse successo, ma che avevamo bisogno di completare il legame affinché lei potesse essere pienamente protetta.

Se avesse completato il legame, allora avremmo avuto tempo.

Io avrei avuto tempo. Per corteggiarla. Per conquistare il suo amore.

Taylor era la mia dolcezza, tutta fiori di ciliegia, aria pura e innocenza, ma era anche, nel profondo, forte e piena di risolutezza. Lei sapeva il fatto suo.

La forte, autonoma donna di cui mi ero innamorato avrebbe potuto non perdonarmi per averle portato via le sue scelte. Anche se lo avevo fatto involontariamente.

E quello era il motivo per cui ero rimasto in silenzio.

Il motivo per cui avevo preso il controllo della sua bocca, l'avevo tenuta vicino e incoraggiata.

Avevo bisogno di lei, ma avevo bisogno anche di avere questo momento. Nel caso in cui fosse il nostro ultimo.

Lei aveva cambiato posizione, strofinando la sua passera fradicia contro di me. "Ti voglio."

Avevo gemuto quando il mio uccello era cresciuto fino a diventare duro in maniera impossibile. Ero oltre quello. Ero tutto bramoso. Ne bruciavo.

Con una mano sul suo morbido sedere, avevo aperto la porta del cottage, poi l'avevo portata nell'angolo più lontano, dove c'era il letto.

L'avevo fatta adagiare sul materasso. "Voglio sentire la tua passera stretta intorno al mio uccello. Tu lo vuoi?"

"Oh, signore, sì. Ti prego. Subito." Mentre continuava a tirare fuori senza sosta una combinazione di suppliche e di richieste, lei si era tolta le mutandine bagnate e si era slacciata il vestito.

L'avevo guardata strisciare fuori dal vestito mentre io mi spogliavo. Ero nudo, con la mano sull'uccello, mentre lei stava ancora cercando di sfilare le braccia dal vestito. Io l'avevo aiutata, ma per niente al mondo volevo mettere fine allo spettacolo.

Aveva inarcato la schiena, offrendo i seni come un fottuto banchetto, mentre finalmente si liberava sgusciando dal vestito.

"Sei una dea."

Mi aveva guardato con occhi offuscati dalla passione, poi il suo sguardo era caduto sul mio uccello e si era leccata le labbra.

"Vuoi assaggiarlo?" avevo chiesto mentre mi massaggiavo l'uccello.

"Sì." Le sue guance si erano arrossate.

Avevo schiacciato la base dell'uccello. Il semplice pensiero delle sue lucide labbra rosa distese intorno al mio uccello mi faceva venire voglia di schizzare.

"Vuoi che ti scopi la bocca?" avevo domandato. Lei non era pronta per quello, ma alla mia ragazza piaceva quando parlavo sporco.

Aveva guaito e si era avvicinata.

Quando mi aveva leccato la punta e agitato la lingua intorno alla corona, la mia visuale si era ristretta.

Poi le sue labbra si erano chiuse intorno a me e...

Non avevo capito più niente.

32

TAYLOR

Bain sapeva di paradiso alla cannella affumicata.

Avevo leccato la grossa punta del suo uccello, apprezzandone la sensazione di peso sulla lingua, assaporando il gusto di lui. Era fantastico. *Lui* era fantastico.

Non *lui* lui.

Il suo corpo.

I suoi grossi muscoli (gli impastavo le natiche) e il suo bel cazzo (gli succhiavo la punta nella mia bocca).

Non la persona sotto il corpo da dio del sesso. Conoscevo a malapena l'uomo sotto tutta quella sexytudine affumicata.

Bugia, gridava la mia coscienza.

Lo conoscevo.

Se fosse stato un completo estraneo con un corpo sexy, avrei dubitato di avere fantasie sul cavalcare il suo uccello senza protezioni mentre glielo succhiavo.

Santo osanna, era una sensazione meravigliosa averlo in bocca.

Signore, salvami dai miei modi sciocchi.

Avevo alzato gli occhi ed ero caduta in quel suo sguardo verde luccicante. Mi ero innamorata del tizio con i begli occhi, il corpo meraviglioso e l'uccello carino.

Avevo agitato la lingua intorno alla sua corona e lui aveva gemuto, il suo sguardo non aveva mai lasciato il mio. Mi ero innamorata del tizio che diventava feroce quando pensava che avessi bisogno di protezione.

Muovevo la mano lungo la base del suo uccello mentre agitavo la testa su e giù. Mi ero innamorata del tizio che apriva le porte per me e che mi difendeva dai molestatori.

Gli palpeggiavo le palle, godendomi la loro pesantezza nella mano. Mi ero innamorata del tizio che sapeva come tenermi quando ero turbata, e che lasciava che facessi colare lacrime di mascara addosso a lui senza lamentarsi.

Succhiavo e lappavo e accarezzavo, apprezzando gli ansimanti respiri aspri ai quali lo avevo ridotto. Mi ero innamorata del tizio che sfoggiava il sorriso più dolce quando cantavo, stonata, canzoni pop nel suo SUV.

I nostri occhi si erano incontrati di nuovo mentre io lo lavoravo con la mia bocca. Mi ero innamorata del tizio che avevo sorpreso guardarmi come se fossi stata un angelo caduto dal cielo.

Per questo avrei potuto avere bisogno dell'aiuto di qualcun altro, oltre al Signore. Forse nonna e Mabel avrebbero potuto dare una mano, anche, perché ero in guai seri.

"Basta," aveva sussurrato Bain raucamente. Aveva gemuto e tirato indietro la testa quando gli avevo dato una succhiata bella forte prima di ottemperare.

Con voce granulosa aveva detto, "Ho bisogno di entrare dentro di te."

"Anch'io lo voglio."

Mi aveva spinto delicatamente sul letto, e io avevo alzato lo sguardo su di lui mentre si inginoc-chiava su di me.

La sua espressione era intensa e feroce come mai l'avevo vista, e tuttavia era colma di passione. Come se mi volesse talmente tanto da far male.

Poi mi aveva toccata, facendo scorrere le dita lungo la mia mascella, il mio collo, i miei seni, la mia vita. Come se volesse memorizzare la sensazione e la forma del mio corpo.

Volevo di più di morbidi tocchi e sguardi sexy.

Volevo sentire il suo grosso corpo su di me, dentro di me, che mi possedeva.

Era come se avessi espresso il mio desiderio a voce alta, perché lui aveva gemuto e poi la sua bocca era sulla mia, calda ed esigente.

Il suo petto premeva contro i miei seni, e quando avevo inarcato la schiena, avevo potuto sentire la sua dura, calda lunghezza contro di me.

Le sue labbra avevano lasciato le mie, seguendo un percorso lungo la mia mascella. Il suo respiro mi aveva fatto venire i brividi quando lui mi aveva sussurrato all'orecchio, "Voglio sentirti bere dal mio uccello quando cadi oltre il limite."

Oh, lo volevo così tanto. Però... mi ero spinta contro il suo petto, in modo da poterlo guardare negli occhi. "Usi sempre un preservativo?"

Aveva stretto gli occhi. "Sì."

"Sei pulito?" Non riuscivo a credere che gli stessi chiedendo quello, visto che i nostri corpi nudi erano letteralmente premuti insieme, ma – volevo sentirlo nudo dentro di me. E confidavo nella sua sincerità.

I suoi occhi avevano scintillato di un verde intenso, e la sua risposta, aspra per il desiderio, era stata, "Sì."

"Io, uh, prendo la pillola, se tu..."

La sua bocca aveva divorato la mia.

Il suo ginocchio aveva forzato le mie gambe ad allargarsi di più e le sue dita premevano dentro di me. Avevo spostato i fianchi, in cerca di soddisfazione.

Non avevo dovuto aspettare. Niente più provocazioni, solo Bain, grosso e duro e *nudo* che premeva contro la mia entrata.

Mentre il glande intaccava il mio passaggio scivoloso, i suoi occhi avevano incrociato i miei. "Voglio scoparti davvero bene. Voglio riempirti."

Avevo annuito, perché anch'io lo volevo.

"Sei pronta a venire per me?" Il suo sguardo aveva trafitto il mio, come se lui stesse cercando una risposta a una domanda del tutto diversa.

"Sì, ti prego." Le parole erano emerse come una supplica.

Il suo cazzo era ancora enorme, e la mia passera ancora stretta, ma ero bagnata di desiderio e quindi pronta per lui.

Si era fatto strada in me lentamente, finché non era entrato del tutto. Poi aveva cominciato a muoversi con un ritmo che mi faceva impazzire.

Pelle contro pelle, con niente tra noi, mi dava tutto quello che aveva promesso. Mi lavorava, mi riempiva, e mi faceva desiderare come non avevo mai desiderato prima.

Soltanto i miei occhi avevano lacrimato un po' quando mi ero resa conto che avevo bisogno di più di quello che mi stava dando. Più del sesso.

Ma poi lui aveva cambiato l'angolazione, colpendomi il clitoride ad ogni spinta, e tutto quello che provavo era un desiderio scivoloso e caldo mentre spingeva dentro di me ancora e ancora.

Non c'era spazio per nient'altro a parte Bain, me e il nostro desiderio reciproco.

BAIN

Nel profondo di Taylor, mentre le sue pareti si contraevano ad ogni rilascio, stordito dal profumo misto di aria pura ed eccitazione, avrei giurato di avere trovato il paradiso.

Se solo avessi potuto aggrapparmi a quello.

Se solo avessi potuto aggrapparmi a *lei*.

TAYLOR

Mentre emergevo lentamente dalla foschia estatica del mio torpore post-orgasmico, alcune domande mi tormentavano.

Gli occhi luccicanti di Bain, tanto per cominciare.

Qualunque uomo che facesse l'amore come Bain aveva appena fatto con me non poteva essere un demone, per cui doveva esserci un'altra risposta.

Inoltre, chi era questo Archer e cosa gli era successo? Dex, a quanto pareva, era fuori a girare in tondo in aria a tempo indefinito. (I draghi potevano semplicemente volare per ore senza sosta o cosa?)

Lui avrebbe dovuto portare provviste, ma non c'erano segni di un'altra auto o di un'altra persona. La casa era un concetto aperto. Un'unica stanza con un bagno al piano terra e una specie di seminterrato che, ne ero abbastanza certa, non stava nascondendo un uomo.

Alla fine, avevo ottenuto la mia spiegazione. Quella che includeva orde di ratti arrabbiati, corporazioni, draghi amici che "friggevano" ratti e un motivo per cui chiunque mi dava la caccia. O dava la caccia a Bain, se è per quello. Lui era un rispettato distillatore dell'area di Austin, per l'amor del cielo.

E, maledizione, io stavo avendo una perdita.

Era passato così tanto tempo da quando avevo fatto sesso senza preservativo con un uomo in carne e ossa che mi ero dimenticata di quel piccolo fatto.

Non che avrei cambiato una virgola riguardo a quello che era successo tra Bain e me prima, ma dovevo affrontare questa situazione e c'era un braccio grosso e muscoloso che mi intrappolava contro un uomo altrettanto grosso e muscoloso.

Avevo cercato di tirare via il suo braccio. Lui aveva ringhiato, un rumore profondo e rimbombante che partiva dal petto e si muoveva attraverso il suo corpo. Il suo braccio si era stretto ancora più saldamente intorno a me.

Tirando a indovinare, Bain era ancora fuori combattimento e non gradiva che il suo sonno da bello addormentato venisse disturbato. Non potevo dirlo con certezza, perché io ero il cucchiaino per il suo cucchiaione ed ero anche talmente accoccolata contro di lui da non potermi girare per vederlo in faccia.

"Bain?"

Lui aveva infilato il naso tra i miei capelli e aveva inspirato a fondo, poi aveva lasciato uscire un suono addormentato di appagamento.

Era seriamente e completamente svenuto, proprio ora? Perché si supponeva che fossimo nel mezzo di una crisi e il suo povero amico era là fuori che svolazzava intorno come un... Ugh. Come un drago che dava al suo amico del tempo per scopare, suppongo.

Ovviamente, Bain era addormentato.

Ma io avevo le perdite, per cui lui avrebbe dovuto affrontare la cosa.

"Bain!"

Aveva fatto uno scatto, tirandomi ancora più vicino a sé.

"Lasciami andare, ragazzone, altrimenti non potrò respirare."

Il suo braccio aveva immediatamente lasciato la presa, e io mi ero liberata.

"Dove stai andando?"

Perché era così adorabile quand'era addormentato? Io sembravo avere appena schivato un frontale con un autobus e forse avere avuto una visita della fata dei brutti capelli.

"Bagno." E non so cosa mi avesse posseduto per

spiegare, ma avevo detto, "Ho una certa perdita in corso lì sotto."

Ero arrossita non appena mi ero resa conto di quello che avevo detto, ma Bain aveva mostrato quel suo intento feroce, poi aveva tirato via le coperte.

"E che cazzo?"

La sua mano era tra le mie cosce, e lui aveva un'espressione intensamente soddisfatta sulla faccia mentre spalmava la sua sborra lungo la parte interna della mia coscia.

"In realtà, ti stai eccitando con la tua stessa sborra che gocciola dalla mia patatina?" gli avevo domandato.

Mi aveva guardata come se fossi io quella che aveva perso la testa.

"Seriamente?" avevo domandato di nuovo.

I suoi occhi avevano brillato. "Cazzo, sì."

Non sapevo cosa dire a quello. Però, il fatto che lui si eccitasse in quel modo faceva eccitare un po' anche me...

"Non possiamo fare sesso." Avevo stretto le cosce l'una all'altra, intrappolando la sua mano brevemente finché non l'aveva ritirata.

Se pensavo che sembrasse adorabile quando aveva gli occhi assonnati ed era intontito, i suoi tristi occhi da cucciolo erano ancora peggio. Completamente adorabili.

Lo avevo guardato con espressione accigliata.

"Mi devi una spiegazione. Dopo che torno dal bagno."

Era rotolato fuori dal letto e si era messo in piedi con più grazia di quanta ne dimostrerebbe qualunque persona dopo essersi svegliata da pochi minuti.

Aveva offerto la mano, che avevo preso, perché non ero così aggraziata nemmeno di un decimo.

Avevo aperto la bocca per ringraziarlo, ma le parole erano morte sul nascere. Qualcosa non andava.

Lui ostentava il suo caratteristico sguardo feroce-e-intenso, ma c'era una corrente sotterranea che non riuscivo del tutto a riconoscere. C'era voluto un secondo, ma mi ero resa conto, mentre giravo in direzione del bagno, che era panico.

Ero tornata alcuni minuti dopo e lo avevo trovato vestito e in cucina, così mi ero messa un paio di jeans e una maglietta e mi ero unita a lui.

"Tè?" aveva chiesto, offrendomi una tazza fumante di tè alla camomilla.

"Parla."

Qualunque cosa non stesse dicendo, era brutta.

Ovviamente.

Aveva posato la tazza di tè sul bancone della cucina – quando aveva avuto il tempo di scaldare l'acqua? – e aveva detto, "Va bene."

Ma non diceva nulla.

Così avevo aspettato.

Mi doveva una spiegazione, ed ero certa che me l'avrebbe data.

Avevo dato un'occhiata al tè alla camomilla. "Hai del whiskey?"

Aveva annuito, ma non si era mosso. "Sono un drago."

Dio del cielo, salvami dal mio cattivo giudizio. Prima c'era un cazzo a matita con i suoi modi fedifraghi, e ora c'è un delizioso dio del sesso deambulante e parlante che pensa di essere una creatura mitologica.

"Non penso che la preghiera sia utile," aveva fatto una pausa. "A meno che ti faccia sentire meglio."

Non mi ero nemmeno preoccupata del fatto che avessi appena detto a voce alta tutto quello. Sul mio ex e il suo cazzo a matita e la sua infedeltà. Su Bain che era un dio del sesso. Non me ne ero preoccupata perché avevo altre preoccupazioni.

Avevo sbattuto gli occhi, ma Bain era ancora Bain. Quello con i muscoli degni della pubblicità di una palestra, i begli occhi e... umano.

"Ma tu sei..." Avevo guardato il suo petto muscoloso. Il suo petto umano. "E noi..." Il mio sguardo si era spostato più in basso.

Eravamo stati in intimità per quanto due persone possano esserlo fisicamente. L'avrei notato se non fosse stato umano. O no?

Ma d'altronde, lo avevo notato, no?

"Gli occhi luccicanti."

Aveva annuito. "Molti umani non possono vederlo, per cui non mi sono mai preoccupato di mascherarlo. Succede soltanto quando sono..."

"Agitato?" avevo proposto. Sembrava una parola più virile che non emotivo. Sebbene non pensassi che l'ego di Bain fosse così fragile al punto che chiamarlo emotivo lo avrebbe turbato; sembrava una descrizione più adatta.

Aveva annuito di nuovo. Il suo sguardo intenso mi aveva seguita mentre entravo nella sua cucina, sfiorandolo nel passargli accanto.

Avevo aperto alcuni armadietti fino a trovare i bicchieri, ma qualche ulteriore tentativo non aveva rivelato il whiskey a cui davo la caccia.

A proposito di whiskey... "Che mi dici del fumo e della cannella? È una cosa da draghi?"

Aveva stretto gli occhi.

"Tu sai di fumo e di cannella e..." E di peccato, di sesso, di desiderio e di tutte le mie fantasie confezionate in un glorioso pacco d'uomo delizioso.

Si era accigliato. "Non so di fumo né di cannella."

"Sì." E lo sapeva. Lo avevo menzionato prima.

Lui sapeva quello che io sapevo. Il mio uomo aveva quell'odore di fumo che profuma l'aria in un pungente giorno d'autunno al nord. E la cannella non era proprio un odore difficile da riconoscere. Il resto del suo odore, il modo in cui profumava di sesso e della miglior specie di peccato, quello era un po' più difficile da etichettare.

Piuttosto che bisticciare, aveva ammesso, "Va bene, è vero – ma solo per te."

Una specie di concessione. Come poteva odorare in un certo modo solo per me? Avevo scosso la testa, perché quello non aveva semplicemente senso.

"Quello che annusi non sono io. Non esattamente."

Forse sapevo dove voleva andare a parare dicendo quello. "D'accordo, bene. Non sei tu; è il tuo whiskey. Ma quello comunque non spiega perché hai l'odore del whiskey che distilli."

"Non ce l'ho. Nessuno profuma o sa di cannella quando beve il McBain's. E se qualcuno percepisce un accenno di fumo, non è la stessa cosa come la sperimenti tu. Quella combinazione unica di aromi è uno dei modi in cui tu riconosci la mia magia."

Avevo sbattuto gli occhi. Ma la sua espressione non era cambiata. Non stava scherzando. A quanto pareva, era un drago con la magia aromatica.

Una magia che era su di lui dalla testa ai piedi, che lo faceva profumare come il tipo migliore di dessert. E quella magia era nel suo whiskey. Cazzo, avevo avuto l'uccello di Bain nella mia bocca, e anche il suo precum sapeva di fumo e cannella. Ero stata colta da un assurdo desiderio di ridere. Bain aveva un cazzo magico.

Una volta sopita l'isteria che era ribollita temporaneamente, avevo mormorato, "Giusto."

Con la qual parola intendevo: ma fammi il piacere, e dovremmo farti rinchiudere in una struttura subito o dopo cena?

Ma che cazzo? Non che non credessi ai draghi. Non dopo che avevo visto e sentito Dex.

"Perché, secondo te, mi brillano gli occhi?"

Senza esitazioni avevo risposto, "Possessione demoniaca."

I suoi occhi si erano spalancati per una sola frazione di secondo. Lo avevo sorpreso. "Non sono un demone. Ti do la mia parola. Loro non sono le più belle tra le creature."

Avevo chiuso gli occhi e avevo lasciato uscire lentamente un respiro. Quando avevo aperto gli occhi, avevo voluto sapere dove fosse quel dannato whiskey.

Questa volta non aveva esitato. Aveva preso una bottiglia dalla dispensa e me ne aveva versato un bicchiere. Non molto. Entrambi sapevamo quanto io fossi leggera, e lo scopo non era ubriacarsi.

Non puoi dire a una brava donna cristiana del sud che i demoni camminano tra noi e aspettarti che non dia di matto. Magari non sono una che cita sempre la Bibbia, né una che va regolarmente in chiesa, ma... i demoni?

Avevo inalato il profumo del whiskey e – maledizione – aveva lo stesso odore di Bain. O della sua magia, suppongo. Non c'era da meravigliarsi che quella roba fosse così buona. L'aveva resa magica con il vudù.

A dire il vero, non credevo che Bain fosse posseduto da un demone. Era una specie di strategia di adattamento. Scegliere la spiegazione più assurda possibile, perché non avrebbe mai potuto essere vera. Poi, una volta trovato il motivo reale, in confronto essa sarebbe sembrata meno terribile.

La mia strategia di adattamento doveva avermi fatto sbagliare, perché si era scoperto che gli occhi di Bain brillavano perché *lui era un drago*.

Oh, e a proposito, i demoni? Sicuramente reali, e sicuramente in giro sulla terra, mescolati con il resto di noi, gente non demone.

Avevo sorseggiato una piccola quantità di whiskey e l'avevo tenuta in bocca. Avevo lasciato che sia il gusto dell'alcol (influenzato dalla magia vudù di Bain) sia il suo bruciore inondassero le mie papille gustative prima di mandarlo giù.

Cullando il bicchiere nella mano come se fosse la mia coperta di Linus alcolica, avevo guardato il mio amante uomo-drago. Sembrava così *umano*.

Quando i nostri occhi si erano incrociati, tutto

ciò a cui avevo potuto pensare era stato, *Beh, cazzo.* Come se tutte quelle stronzate sui draghi e i demoni non fossero state abbastanza, c'erano altre brutte notizie. Glielo potevo leggere in faccia.

Sembrava proprio mio padre prima che dicesse a me e a Thorn che nonna non avrebbe più potuto vivere a casa.

Cosa c'era di abbastanza brutto nel fatto che somigliava a un uomo che stava per dire ai suoi ragazzi che la loro nonna doveva essere trasferita in una casa di cura per lungodegenti?

"Continua, allora. Cos'altro hai da dirmi?" avevo domandato.

Qualcuno aveva bussato alla porta, e dallo sguardo di sollievo sulla faccia di Bain avevo capito di avere ragione. Erano in arrivo altre brutte notizie.

"Entra," aveva detto Bain.

Dalla porta era entrato l'uomo che avevo conosciuto da Derek's la sera in cui avevo bevuto troppo, quello con la bella risata e la barba.

"Ho notizie dai ratti."

Avevo bevuto un altro sorso di whiskey. Perché la sua voce apparteneva a Dex il drago. E anche a Dex l'uomo, che avevo incontrato al bar.

Mentre il calore del liquore mi scendeva nella gola, mi rendevo conto che l'uomo-drago stava parlando di ratti. Probabilmente, *uomini*-ratto.

Sal. Sal Green non era una talpa. L'uomo era un

ratto. Un vero ratto, del tipo con quattro zampe, pelo e coda.

Come avevo potuto dimenticarmi di Sal? Restando in una stanza con due uomini che sembravano uomini, ma che in realtà erano draghi, era abbastanza chiaro che questa orda di ratti che continuava ad avanzare fosse una vera *orda di ratti.*

Mi ero appoggiata al bancone mentre Dex spiegava come Archer – anche lui un fottuto drago – avesse lasciato Dex di pattuglia e fosse andato in città per scavare un po', poiché era chiaro che Bain e io saremmo stati occupati diversamente per qualche tempo. Non ero arrossita – molto.

Non gli ci era voluto molto per entrare in contatto con l'orda di riferimento. (Sembrava che ad Austin ci fossero diverse orde. Come se quello non fosse un pensiero inquietante. Serviva altro whiskey.)

Questa particolare orda non si faceva problemi a mostrare disprezzo per il flagello locale dei draghi.

"Flagello?" avevo interrotto. Come potevo non farlo? Il tizio con cui dormivo era considerato un flagello dalla gente del posto.

"È un termine datato," aveva risposto Bain. "Uno che non è mai stato accurato."

"Noi non ci organizziamo come gruppo," aveva spiegato Dex. "Consideraci come dei freelance, diversamente dai ratti che seguono un leader."

Considerando quello che avevo visto di Dex come drago, potevo capirlo. Lui sembrava una lucertola volante in cima alla catena alimentare, il tipo degli-affari-miei-mi-occupo-io.

Avevo annuito per indicare che capivo, avevo sollevato il bicchiere per brindare e Dex aveva continuato a spiegare come l'orda di Sal ce l'avesse con i draghi del posto perché uno di loro aveva rubato la donna del loro capo e l'aveva nascosta da qualche parte.

"Aspetta, cosa?" Perché ero piuttosto sicura che la donna che Bain aveva "rubato" fossi *io*. "Sal sostiene che io sono *sua?* Come se mi possedesse?"

Avrei dovuto rompere il bastoncino a quell'uomo e strizzargli le bacche quando ne avevo avuto l'occasione.

Inoltre, io ero al centro di tutto questo casino. Più di quanto me ne rendessi conto.

Un bussare alla porta aveva preceduto l'ingresso di un uomo che non avevo mai visto. Alto, capelli scuri, e non grosso-quanto-una-casa come Bain o Dex, ma comunque un marcantonio. Forse i draghi erano semplicemente di grossa taglia?

Avevo dovuto soffocare una risatina al pensiero, per così tante ragioni.

Il nuovo arrivato aveva fatto un cenno nella mia direzione, ma non aveva stabilito un contatto visivo.

Gli occhi di Bain si erano ristretti per la preoccupazione. "Archer."

"La tua donna è al sicuro. Al momento non è necessario pattugliare."

Non ero la donna di nessuno. Questi tizi avevano bisogno di fare un controllo di realtà del ventunesimo secolo. Oh, signore. Di preciso, quanti anni avevano? Cosa più importante, quanti anni aveva Bain?

"Ci stavo arrivando a quella parte," aveva aggiunto Dex. "I ratti pretendono un regolamento di conti."

Bain aveva soffocato un latrato di risata privo di umorismo. "Stai scherzando. Dovremmo annientarli."

C'era stato, forse, un ritardo di mezzo secondo tra le sue parole e la mia realizzazione che Bain stava parlando di omicidio. "Non puoi ucciderli!"

"Ti rendi conto, dolcezza, che loro ci ucciderebbero?"

"Se ci riescono," aveva borbottato Dex.

"Cosa che non succederà," aveva detto Archer con tono secco, "perché non si arriverà a quello. Pretendono un regolamento di conti, e la premessa della loro pretesa è difettosa. Dobbiamo solo dimostrarlo, e tutto questo finirà."

"No." La feroce negazione di Bain sembrava avere colto di sorpresa i due uomini.

"Ma..."

Bain aveva rivolto ad Archer un'occhiataccia luccicante.

Io avevo posato il bicchiere di whiskey vuoto che stringevo in mano e avevo rivolto la schiena a Bain. Avevo rivolto a Dex e ad Archer la mia piena attenzione, e dopo un esame più attento, avevo deciso che Archer sarebbe stato la mia scommessa migliore.

Gli avevo sorriso, ignorando il ringhio proveniente dalla direzione generica di Bain. "Quindi, Archer, hai parlato con queste persone-ratto."

Lui sembrava divertito e niente affatto preoccupato dei rumori minacciosi che provenivano dal suo amico. "Ratti mutaforma."

Huh, beh, quello spiegava molto. A volte ratti, a volte persone. Come Bain, Dex e Archer a volte erano persone e a volte erano draghi, il che li rendeva draghi mutaforma.

"Quindi, hai parlato con questi ratti mutaforma e hai detto loro che erano fuori di testa, giusto?" Quando aveva inarcato le sopracciglia, avevo chiarito. "Hai detto loro che non sono proprietà di Sal Green."

A questo punto, lui aveva commesso l'errore di lanciare un'occhiata in direzione di Bain.

Avevo tirato fuori il mio dito della rabbia e glielo avevo puntato contro. "Stai parlando con me, bello, non con lui. Hai detto loro che si sbagliavano?"

Aveva riflettuto sulle sue parole prima di rispondere, "Sì."

Quello era tutto ciò che aveva da dire? *Sì?*

"Ti andrebbe di spiegarti meglio?"

"No." Brusco, ma almeno questa volta non aveva guardato Bain in cerca di appoggio.

"Questo regolamento di conti?" Aveva annuito quando lo avevo guardato per conferma, così avevo continuato, "Questo regolamento di conti significa esporre tutti i fatti all'aperto."

Aveva riflettuto sulla mia dichiarazione e alla fine aveva detto, "Sostanzialmente."

Avevo puntato il dito della rabbia contro di lui, gelandolo con lo sguardo. "Spiega."

"Tende ad esserci più combattimento e meno chiacchiere." Aveva inclinato la testa, esaminandomi in maniera molto simile a come avevo fatto io prima. "Combattere è complicato, perché…" Il ringhio di Bain era esploso ancora una volta, ma Archer gli aveva semplicemente parlato sopra. "Perché noi possiamo sconfiggerli facilmente, ma quello ci causerebbe problemi. Bain, stai zitto, amico. Lo sai che andrebbe così. A me piace Austin. Non voglio dovere trasferirmi perché i cacciatori di mostri della città mi hanno in odio."

"Questo è il motivo per cui quei bastardi pensano di poterci infastidire," aveva detto Dex. "Perché pensano che abbiamo le mani legate."

"Sì," aveva concordato Archer. "Ma loro credono legittimamente che la donna del loro capo..." Aveva fatto una pausa e inclinato la testa nella mia direzione. "Loro credono che tu sia la sua ragazza, Taylor."

Avevo sbuffato, perché sul serio? "È semplice. Io vengo con voi a questo regolamento di conti e spiego che non sono, e non sarò mai, la ragazza di Sal."

Tutti e tre gli uomini sembravano estremamente a disagio con questa ovvia soluzione.

"Andrò io e spiegherò," aveva detto Bain.

Ma io non ero lontanamente convinta che lui avrebbe "spiegato". Bain era *incazzato*. Seriamente arrabbiato. E se i draghi sputavano fuoco, sarei stata preoccupata che lui li avrebbe veramente arrostiti tutti, diversamente da qualunque cosa avesse fatto Dex ai ratti che aveva incontrato prima.

"Quello che tu *intendi* è che andrai e sbatterai alcune teste insieme."

"In sua difesa," aveva detto Dex, "lui farà quello soltanto dopo avere tentato di spiegare." Il suo commento era stato espresso con tono in un certo senso ottimistico, probabilmente anche allegro.

"Esattamente," aveva detto Bain.

Io lo avevo ignorato. Bain continuava a non dirmi tutto. Inoltre, sembrava essere il meno ragionevole dei tre uomini nella stanza.

Avevo domandato a Dex, "Perché non sei preoccupato quanto Archer del fatto di essere braccato per essere cacciato via dalla città da questi... come li hai chiamati? Cacciatori di mostri?"

Dex aveva fatto un largo sorriso. "Cacciatrici. Le Van Helsing. Non faccio un buon combattimento da più di un secolo. Potrebbe essere divertente azzuffarsi con una di quelle folli donne."

Ricordavo distintamente di averlo sentito minacciare Bain. Qualcosa sul *non* volere azzuffarsi con le Van Helsing.

"Aspetta – un secolo?" avevo gridato.

Dex aveva lanciato a Bain uno sguardo dispiaciuto, poi aveva guardato me e aveva fatto spallucce.

Non riuscivo nemmeno a provare a capacitarmi di quello, al momento. C'erano altre, troppe, preoccupazioni più pressanti, tipo quell'assurdità del regolamento di conti. "Non possiamo semplicemente chiamare questo gruppo, questa orda, di ratti e spiegare?"

"Non è così che va fatto." Bain aveva detto questo come se "il modo in cui va fatto" fosse scritto sulla pietra, impossibile da cambiare, anche di fronte al buonsenso.

"Loro sono per il faccia a faccia," aveva detto Archer.

"Sempre," aveva aggiunto Dex.

Non c'era molto spazio di manovra, qui.

"Va bene, allora verrò con voi." Era la soluzione più logica.

Se tutta questa agitazione fosse stata dovuta a un'incomprensione creata dalle bugie di Sal, e a tutte quelle bugie centrate intorno a me, allora tutto quello che avrei dovuto fare sarebbe stato farmi vedere e definirla una "stronzata".

Bain sembrava sconvolto. "No."

Il suo tono, lo sguardo truce e gli occhi luccicanti rafforzavano la sua risposta.

Nessuna spiegazione, soltanto un categorico rifiuto. Punto.

Mi ero avvicinata a lui con tutta la furia di una donna nel mezzo dell'essere controllata. E quando lo avevo pungolato nel petto, non avevo usato il dito della rabbia. Avevo usato il dito del vaffanculo. Non usavo quasi mai il dito del vaffanculo, però ero molto arrabbiata.

"Non puoi andare senza di me." Un colpo. "Hai bisogno di me." Un colpo. "Sono una testimone." Un colpo. "Sono *la* testimone." Un colpo. Un colpo.

Cinque minuti dopo, ricevevo istruzioni su come farmi dare un passaggio da un drago.

Nessuno discuteva con il mio dito del vaffanculo.

BAIN

"Oh. Mio. Dio."

L'accento texano di Taylor si notava di più quando tirava fuori un'unica sillaba per farne due. Anche quando pregava a voce alta, sebbene le sue preghiere non sembrassero del solito tipo. E anche quando sputava detti stravaganti che, tipicamente, coinvolgevano Dio, il diavolo o sua nonna.

Normalmente, trovavo che queste espressioni ispiravano tenerezza.

"Dio del cielo, salvami dalle enormi lucertole volanti."

Queste espressioni, tuttavia, avevano ispirato meno tenerezza quando erano state pronunciate alla prima occhiata della mia forma da drago.

Dov'erano, adesso, le mie carezze e gli elogi?

Mi piaceva quando lei mi accarezzava con affetto, e lo desideravo, indipendentemente dal mio aspetto.

Tuttavia, al momento lei mi stava facendo arrabbiare, molto. Me lo aveva detto, usando quelle esatte parole, subito prima di dire, "Capisco perché non potevi dirmelo. Però sono ancora arrabbiata per il fatto che non me lo avevi detto."

Donne.

Non che lo avessi detto ad alta voce. Specialmente quando la sua risposta discordante era niente in confronto all'enorme segreto che dovevo ancora rivelare.

Un segreto che speravo sopravvivesse al regolamento di conti. Non volevo che la mia compagna scoprisse che eravamo stati legati senza il suo consenso, o anche senza che lei lo sapesse, nel mezzo di uno stallo tra draghi e ratti.

Non volevo dirglielo affatto, ma lo avrei fatto. Non appena avessi ucciso Sal. Oppure, come avevo promesso a Taylor, negoziato una fine pacifica delle ostilità. L'orda di Sal che bruciava fino a ridursi in cenere era una fine pacifica, no?

Mentre guardavo, Taylor aveva incrociato le braccia sulla vita.

Guardando più da vicino, la mia dolcezza sembrava un po' pallida. Se la mia forma da drago la terrorizzava così tanto...

La sua mano si era posata sul mio petto, e lei mi

accarezzava proprio come aveva fatto quand'ero in forma umana. "Um, Bain?"

Avevo chinato la testa per avvicinarmi, assicurandomi che la vicinanza dei miei denti molto grandi non le desse fastidio.

Poi mi aveva sorpreso appoggiando la fronte contro la mia mascella... che si trovava abbastanza vicino ai miei denti molto grandi. Denti che qualcuno avrebbe potuto chiamare zanne. Riuscivo a sentire la sua profonda inspirazione. Poi mi aveva accarezzato la mascella.

Aveva inspirato ed espirato di nuovo.

"Dio, mi piace come odori." La sua voce era a malapena un sussurro, abbastanza probabilmente non inteso affatto per le mie orecchie.

Poi mi aveva dato delle pacche sulla mascella e aveva fatto un passo indietro con uno sguardo di ferma risolutezza negli occhi. "È l'ora della confessione. Forse ho dimenticato di dire che sono terrorizzata dall'altezza. Ti prego, non farmi cadere."

La mia donna non aveva paura di *me*. Era terrorizzata dal *volo*.

"Mai," avevo risposto. "Ti do la mia parola."

"D'accordo, così va bene. Decisamente bene."

Dex, Archer e io saremmo dovuti arrivare in forma da drago. Era una dimostrazione di forza, ma era anche pratico da un punto di vista strategico.

Dall'alto avremmo potuto vedere di più e valutare la situazione.

Con tutti noi in forma da drago, Taylor aveva due scelte: cavalcare o essere trasportata.

Dopo che avevamo bocciato la sua proposta di andare da sola in auto, lei aveva scelto di essere trasportata. La sua scelta dimostrava la sua fede in me, ancor di più ora che sapevo che aveva paura delle altezze.

"Se svengo o vomito, fai semplicemente finta che non stia accadendo. Starò bene quando atterreremo."

Avevo annuito, anche se speravo davvero che non si sarebbe arrivati a tanto.

"Inoltre, sei sexy come drago." Mi aveva fatto un largo sorriso, e sulle sue guance era tornato un po' di colore.

Avevo inarcato il collo, mostrando le squame iridescenti sulla parte inferiore del collo e del mento.

Lei mi aveva dato uno schiaffetto sul collo. "Non flirtare. Stiamo per andare a urlare contro un gruppo di ratti. Non è il momento per questo."

"Non ho idea di cosa tu intenda," avevo risposto. Io non flirtavo. La mia bestia era grossa e possente. Non provocante.

"Non è flirtare," aveva detto Dex da vari metri di distanza, ancora in forma umana. "È quello che

fanno i draghi quando corteggiano una compagna."
Poi aveva fatto l'occhiolino.

Alla mia compagna.

Nel mio petto era rimbombato un ringhio.

E questo era il motivo per cui Dex e Archer avrebbero mutato forma dopo che io mi fossi alzato in volo. Ed era anche il motivo per cui avremmo portato con noi dei vestiti in volo. Dex e il suo occhiolino, Archer e il suo fascino. Nessuno dei due aveva bisogno di essere vicino a Taylor senza vestiti.

"Wow, tesoro. Quello è un po' tanto quando sei umano, ma è come un motore diesel quando hai questa dimensione."

Mi aveva chiamato "tesoro". Non il nomignolo che avrei scelto, ma era la prima volta che me ne dava uno. Avrei potuto convivere con "tesoro". Avevo inarcato il collo, mostrandole di nuovo le mie squame migliori.

Ora aveva un sorriso ancora più largo, ma quello andava benissimo perché mi stava anche accarezzando la parte inferiore del collo e del mento.

Alla mia donna piaceva la mia forma da drago.

"Bain, stai *facendo le fusa?*" Non aveva smesso di accarezzarmi il collo, per cui potevo semplicemente supporre che il suono non le dava fastidio.

Dex e Archer ridevano sotto i baffi. Potevano ridere quanto volevano, ma io conoscevo la verità.

Anche loro avrebbero fatto le fusa se le loro donne avessero accarezzato la parte inferiore dei loro colli.

Sebbene, forse, avremmo potuto trovare un altro nome per quello. Non mi piaceva essere paragonato a un gatto.

Con un'ultima pacca e un sospiro, aveva detto, "Va bene, sono pronta."

Avevo creato per lei un sedile il più confortevole possibile tra i miei artigli e l'avevo trasportata come il pacco prezioso che era.

Non era svenuta e non aveva vomitato. Sono anche sicuro che avesse tenuto gli occhi saldamente chiusi durante i dieci minuti dell'intero volo.

La destinazione doveva essere un terreno neutrale, ma essendo la supposta parte lesa, l'avevano scelta i ratti.

Mi aspettavo qualcosa in città circondato da persone. Un patetico tentativo di indebolirci impedendo il volo o fornendo testimoni. Sostanzialmente, la tattica che Sal aveva usato da Derek's.

Ero rimasto sorpreso di scoprire che il nostro punto d'incontro, una cava di pietra attiva, era isolato.

La cava era ignifuga quanto poteva esserlo il Texas centrale durante la siccità e probabilmente era il tentativo dei ratti di contenere quello che percepivano come un rischio d'incendio.

Come se ciascuno di noi tre avesse perso il

controllo del nostro fuoco.

Questi ratti non conoscevano i draghi. Non avremmo permesso al nostro fuoco magico di attecchire e diffondersi come il fuoco naturale.

Noi controllavamo il nostro fuoco, dal principio al riassorbimento.

Di solito.

Era riaffiorato il ricordo di un incontro che avevo avuto con una delle donne Van Helsing. Uno spiacevole episodio successo dopo che le nostre magie di fuoco si erano mescolate. Ma a meno che i ratti non avessero tra loro una strega con un'affinità per il fuoco, era improbabile che si ripetesse un episodio simile.

Per quanto riguardava le fiamme magiche, c'era poco su questa terra che potesse resistere al fuoco magico senza un sostegno magico.

In altre parole, bel tentativo, ratti, ma noi avremmo vinto ogni volta.

Supponendo di poterli semplicemente incenerire.

Cosa che non potevamo fare.

Perché la corporazione dei cacciatori di mostri avrebbe potuto decidere di scavalcarci e agire. Avremmo potuto gestire un gruppo di cacciatori di mostri – anche le Van Helsing... probabilmente – ma tutti e tre ci eravamo stabiliti nell'area e volevamo restare. Vivere qui sarebbe stato significativamente più complicato se fossimo stati nei guai con la corporazione e i suoi fanti.

E poi, avevo promesso a Taylor di tentare di negoziare una fine pacifica delle ostilità.

Nessuna incinerazione.

Mentre ci avvicinavamo al punto d'incontro, ci eravamo sparpagliati per valutare tutti i punti d'accesso. La cava era in attività, ma erano quasi le otto e sul sito c'era scritto che l'orario di apertura terminava alle cinque e trenta.

Potevo vedere una ventina di corpi radunati. Erano sicuramente tutti ratti mutaforma. Avrei scommesso che uno di loro era il proprietario.

Venti mutaforma, e tutti loro erano raggruppati intorno alla strada che conduceva alla proprietà.

La qual cosa era... interessante.

Non lo capivano che i draghi volano?

E improvvisamente, avevo compreso la ragione dietro la scelta di quel luogo. C'era un unico punto di ingresso e di uscita – presumendo un arrivo via terra.

C'era una strada che conduceva alla proprietà e il resto era cava. Pile e pile di pietre e buche profonde. La proprietà era anche cintata, creando così un collo di bottiglia controllato.

Ci stavano decisamente aspettando via terra, e io non avevo una fottuta idea del perché.

Preferivo che ci disoccultassimo per l'atterraggio.

Fare una certa entrata. Metterli immediatamente in svantaggio.

Però, prima di disoccultarci, volevo che Taylor venisse depositata in sicurezza sul tetto dell'unico edificio della proprietà.

Inoltre, c'era ancora luce sufficiente per permetterci di disoccultarci vicino a terra.

Avevo valutato l'edificio e scelto il punto più solido, dal punto di vista strutturale, per atterrare sul tetto.

"Sei pronta per l'atterraggio?"

"Sì, sono pronta." La voce di Taylor era ansimante, ma non sembrava spaventata. "Aspetta un attimo, lucertola iperprotettiva. Non mi starai mettendo sul..."

L'avevo posata delicatamente sul tetto. Era quasi completamente in piano, quindi c'erano poche probabilità che scivolasse.

"Vile," aveva detto con cipiglio mentre mutavo per stare accanto a lei in forma umana.

"È più sicuro," avevo risposto. Almeno lo sarebbe stato se non avesse avuto paura dell'altezza. "Te la senti di stare quassù?"

Lei mi aveva pungolato il petto nudo con l'indice. Quello era un buon segno. Le cose sarebbero sembrate serie se mi avesse pungolato con il medio. "Dovrei mentire e dirti di no, ma starò bene se sto lontano dal bordo."

Le avevo afferrato la mano e l'avevo tenuta contro il mio petto. "Ti prego, stai lontano dal bordo."

"Mi piace quando dici "ti prego"."

E a me piaceva lei. Impossibile sebbene lo sembrasse, non mi stavo innamorando; mi ero già innamorato. E la volevo ovunque tranne che qui, con un gruppo di ratti che volevano ansiosamente il mio sangue.

Avrei ucciso chiunque avesse anche solo pensato di farle del male, sebbene loro credessero che era la donna di Sal, e quindi fossero più propensi a uccidere me e prendere lei.

Non sarebbe mai successo.

Nemmeno se avessi potuto farli diventare cenere lì dov'erano, per via di una sciocca promessa che avevo fatto alla mia donna.

Non eravamo stati ancora individuati sul tetto, ma a questo punto era semplice fortuna. Non eravamo più occultati. Non avevo tempo per indugiare, se volevo fare una certa entrata.

"Dex e Archer resteranno con te sul tetto."

"Ho bisogno di due guardie?"

Sì, maledizione. Specialmente se io non posso stare con te. "Ho bisogno che i miei uomini siano in posizioni strategicamente vantaggiose."

"Hmm." Non sembrava convinta, ma non aveva importanza. Lei sarebbe rimasta quassù al sicuro con due uomini, entrambi i quali avrebbero potuto, individualmente, contenere l'orda.

Avevo bisogno di tenerla tra le braccia. Così l'avevo tirata più vicino a me e l'avevo abbracciata strettamente al mio corpo. Non avevo fatto nient'altro. Non potevo permettermi di smarrirmi nei suoi baci inebrianti.

Quando l'avevo lasciata andare, lei aveva sospirato. Poi mi aveva guardato dall'alto in basso e si era accigliata. "Non puoi andare laggiù così."

"I miei vestiti li ha Dex, ma non preoccuparti. Non ci vado così."

Avevo fatto un passo indietro e mi ero trasformato. Il processo era fluido e indolore. Diversamente dai licantropi, le mie due metà erano in pace. Non c'era lotta tra i miei due Io per mantenere una forma o l'altra, soltanto armonia.

Mentre balzavo dal tetto per affrontare i ratti di sotto, avevo sentito un piccolo ansito. Ma ora sapevo che non era causato dalla paura.

La mia donna apprezzava la mia forma da drago, e un drago che si alzava in volo, specialmente da un lastrico solare, era qualcosa di impressionante da vedere.

Era ora di friggere qualche ratto.

Avevo sospirato.

Era ora di far ragionare qualche ratto.

36

TAYLOR

Quei finti sentimenti generati biochimicamente che pensavo di provare per Bain?

Stronzate.

Era decisamente tempo di chiamare stronzata quella teoria, perché per la grossa lucertola volante blu-verde, con le graziose squame multicolori sulla parte inferiore del collo, provavo i medesimi sentimenti attaccaticci che provavo per Bain l'uomo.

E io non avevo una perversione per gli artigli né per le zanne.

Volevo accarezzare e coccolare e amare il drago.

Volevo scopare l'uomo.

Ma i miei sentimenti, tutti quei sentimenti teneri e attaccaticci che avevo nel mio, non interamente distrutto, cuore, erano per entrambi.

Dio del cielo, salvami dall'innamorarmi di un drago. È una pessima idea... giusto?

E quando il buon Dio non mi aveva risposto, avevo chiesto a mia nonna.

Però non c'era nessuna radio, qui, e tutto quello che avevo ottenuto era stato un grosso sacco di silenzio.

Ma d'altronde non c'era proprio tempo per tergiversare sui sentimenti, perché Bain aveva completato il suo circuito intorno al perimetro della proprietà, volando radente vicino sia a Dex (il quale era poco più blu di Bain) sia ad Archer (il quale era poco più verde).

Lui stava atterrando proprio nel mezzo dell'orda di ostili ratti mutaforma.

Se ne fosse uscito vivo, lo avrei ucciso per avermi fatto venire un infarto.

37

BAIN

Mi ero disoccultato contemporaneamente a Dex e ad Archer.

La nostra ostentazione era una dimostrazione di forza, perché queste creature chiaramente credevano che non ne avessimo.

Poiché mi ero posato in mezzo a loro, tuttavia, ero quello che avevano visto per primo.

Dex e Archer stavano atterrando entrambi sul tetto.

Ero atterrato all'interno dell'anello di fuoco che avevo tracciato con la mia coda. Un'altra dimostrazione scenica del tutto inutile. Non avevo bisogno della protezione del fuoco.

Ma questi stronzi sembravano non capire che i draghi possono volare, e io dubitavo seriamente che fossero a conoscenza della nostra capacità di lanciare fuoco.

Ero felice di istruirli, specialmente perché la mia donna voleva che tenessi le vittime al minimo.

"Hai chiesto un regolamento di conti." Avevo imbevuto la mia voce umana parlante con il brontolio della mia voce da drago. Un'altra cosa non necessaria, ma che avevo fatto come manifestazione intimidatoria.

E oggi sembrava che fosse tutta una questione di intimidazione. Avevo deglutito un sospiro. Qualunque cosa per la mia donna.

Sal aveva fatto un passo in avanti, fiancheggiato da un uomo e da una donna. "Tu hai rubato la mia donna."

Avevo lasciato cadere il ringhio da drago e avevo parlato con la mia voce naturale. "Lei non è mai stata tua."

"È una menzogna. Tu hai detto che l'hai rivendicata, ma io ho controllato. Non l'hai fatto. Se lei fosse non rivendicata, allora la *mia* rivendicazione sarebbe valida."

Veramente i ratti si prendevano qualunque cosa desiderassero? Con o senza consenso? Io avevo promesso di incenerirli soltanto come ultima risorsa, ma il fuoco era un'arma magica malleabile.

Gli avevo lanciato del fuoco. Il mio obiettivo era causare dolore, non danno. La mia compagna non voleva corpi, e secondo i termini tradizionali di un regolamento di conti, ero limitato ad atti non letali finché si tentava una conclusione giusta.

Lui aveva gridato, da quel bullo debole qual era.

Alcuni dei suoi leccapiedi si erano avvicinati; due mi avevano anche sparato contro con le loro armi. I proiettili non riuscivano a penetrare le mie squame rinforzate con la magia, né attraversare l'anello di fuoco che mi circondava, ma faceva piacere vedere come si attenevano alla politica di confronto non letale del regolamento di conti.

Io non avevo fatto ricorso alla forza letale.

Quando avevo chiarito il mio punto – non più di due, forse tre secondi – avevo richiamato a me la fiamma. Ma non prima di accertarmi, con un'occhiata, che Taylor fosse al riparo dagli spari.

Lei era al sicuro, riparata da un'ala di Dex.

"Tu, figlio di puttana. Cosa mi hai fatto?" aveva ansimato il ratto, con il sudore che gli gocciolava sulla faccia.

Chiaramente, non aveva mai assaggiato il fuoco di un drago.

Nessuna conoscenza del nostro volo né del nostro fuoco. I ratti mutaforma avevano la memoria così corta? Se la conoscenza dei draghi non faceva parte della loro esperienza, allora avrebbe dovuto essere tramandata dalla generazione precedente.

Oppure era passato così tanto tempo da quando un drago aveva occupato un territorio in Texas?

"Ti ho fatto assaggiare il mio fuoco." Avevo distolto la mia attenzione da quel patetico aborto di un capo per rivolgerla alla sua gente. "Un assaggio che non ha causato danni, secondo i termini tradizionali del regolamento di conti."

Quello aveva attirato l'attenzione di Sal, perché la sua gente aveva violato, tecnicamente, quei termini sparando su di me. Loro, sicuramente, non sapevano che le loro armi erano inutili contro il mio fuoco e la mia corazza.

"Cerco giustizia," aveva risposto lui, riferendosi alla tradizione del regolamento di conti, come avevo fatto io. "Voglio quello che mi hai rubato."

"Lei non è tua," avevo ringhiato, e sapevo che i miei occhi luccicavano di verde con la mia magia. "Lei non sarà mai tua. Lei è *mia*."

Con un po' di fortuna, lei non mi avrebbe strappato le palle per aver detto quello, perché con l'acustica che c'era qui, lei poteva sentire ogni parola.

Lei non aveva acconsentito ad essere la mia compagna. Non aveva acconsentito ad essere legata a me, anima ad anima, per la durata delle nostre vite. Nel mio cuore, pensavo a lei come se fosse mia, ma lei avrebbe potuto essere veramente mia soltanto se si fosse data a me, anche se in un certo senso eravamo già legati.

Avrebbe potuto non acconsentire mai.

Quello era un tormento che non volevo prendere in considerazione, specialmente da quando l'inequivocabile verità era che *io* ero *suo.*

"Non puoi averla," aveva risposto Sal, con una luce maniacale negli occhi.

Il ratto aveva perso completamente la ragione.

Oppure desiderava morire.

Aveva continuato, come se le parole che diceva fossero la verità stessa. "Tu ti nascondi dietro la tua forma bestiale e il tuo fuoco magico. Affrontami come un uomo."

Eravamo mutaforma. Non c'era infamia nelle nostre forme bestiali.

Almeno... Non ce n'era nella *mia.*

Ma il misero tentativo del ratto di punzecchiare il mio orgoglio era semplicemente uno stratagemma. Lui desiderava che ci incontrassimo allo stesso livello. Era cieco al fatto che non saremmo mai stati uguali. Anche spogliato delle mie zanne, dei miei artigli, della mia corazza e del mio fuoco, sarei stato in grado, comunque, di schiacciarlo come quell'insetto che era. Io ero due volte l'uomo che Sal Green era, sebbene fosse difficile essere fieri di una rivendicazione simile.

Avevo alzato lo sguardo sull'edificio. Taylor era ancora al sicuro, rifugiata dietro lo scudo protettivo dell'ala di Dex.

Archer si era arricciato in una palla. Il bastardo sembrava mezzo addormentato. Non lo era, ma il messaggio era chiaro: io avevo questa situazione bene in mano.

Era un bene che io sapessi che lui poteva ancora proteggere la mia donna, pur sembrando un'ipertrofica lucertola sonnecchiante.

Avevo richiamato l'anello di fuoco e mi ero tramutato in forma umana.

Ero in piedi di fronte a lui, nient'altro che un uomo per la mancanza di uno scudo e di una corazza.

E Sal Green oggi era soltanto un patetico pezzo di merda, come lo era stato il giorno in cui aveva palpeggiato il culo della mia donna.

Avevo lasciato che la rabbia filtrasse nei miei occhi.

Non luccicavano più. Ardevano di fuoco verde.

"Ne ho abbastanza di questa farsa. Scusati con la mia donna per averla offesa."

"Mi sono soltanto preso quello che veniva offerto," aveva sputato il ratto.

E lui ci credeva, il patetico coglione.

Avevo alzato la mano per lanciare il fuoco, perché questa farsa era andata avanti troppo a lungo.

"Discussione!" Il grido proveniva da uno dei secondi del ratto, la donna.

Sal Green l'avrei ignorato. Mentiva e non aveva

onore. Ma la sua seconda l'avrei ascoltata. "Non hai alcuna autorità," aveva sibilato Sal alla donna.

"E tu non hai buonsenso." La donna si era rivolta verso di me. "Desideriamo discutere."

La faccia di Sal stava diventando rosso-violacea. Poiché i ratti erano soggetti a ferite mortali e malattie, la mia impressione era che lui potesse soffrire di una crisi di salute.

Lo si poteva sperare.

Indicando Sal con un cenno del mento nella sua direzione, avevo replicato, "Ne siete sicuri?"

Sostenendo il mio sguardo, la seconda aveva fatto cenno a due uomini di venire avanti. "Parlo io per la mia gente."

E poiché quei due uomini avevano bloccato Sal mettendogli le braccia dietro la schiena, sembrava che fosse così.

"Avete chiesto un regolamento di conti." Avevo guardato l'ex capo dell'orda. Com'era successo che questo patetico aborto di mutaforma fosse arrivato al comando? "Allora esponi le vostre richieste."

"Hai rubato la mia donna," aveva sputato Sal. "La riavrò indietro."

Non avevo risposto. Non ne avevo bisogno.

La seconda di Sal aveva parlato. "Lei è la sua compagna." Guardando tra noi, aveva aggiunto, "Se lei è la sua compagna, non può essere la tua donna."

"Questa mattina lei non era rivendicata. Non

aveva una traccia del suo odore. Anche se l'ha scopata, la mia precedente rivendicazione è superiore."

Questi ratti avevano un po' d'onore? Un po' di rispetto per le donne?

Secondo la sua logica contorta, dichiarare una donna proprietà di un uomo equivaleva al fatto compiuto. E seguendo quel dissennato ragionamento, *io* l'avevo rivendicata per primo.

Avevo rivolto le mie osservazioni alla donna, poiché lei sembrava essere un po' sana di mente a differenza di Sal. "Ho rivendicato Taylor settimane fa. Lui era stato informato del fatto che lei fosse mia, e che se l'avesse toccata ancora lo avrei ucciso."

"Toccata?" Gli occhi della seconda avevano brillato di rosso. "Ancora?"

Un ratto onorevole? Avevo riflettuto sulle mie limitate interazioni passate con la loro specie. Non ne avevo incontrati molti, ma come regola non mancavano di onore... semplicemente come propensione.

Avevo permesso alle azioni disonorevoli di Sal di influenzare la mia opinione della sua gente. Sebbene, in sincerità, avessi anche previsto la sua debole presa su di loro.

La voce di Taylor, alta e forte, aveva gridato, "Ha toccato la mia pesca."

La seconda aveva alzato lo sguardo sull'edificio e

poi lo aveva posato su di me, confusa. Sembrava che "pesca" non fosse un termine di uso comune per indicare il culo di una donna all'interno dell'orda di ratti.

"Lui le ha strizzato il culo quando lei si è sporta sul banco del bar, dopo che io lo avevo informato che Taylor era mia." Avevo avuto di nuovo il pensiero fugace che mi piacevano le mie palle e non volevo perderle. "E che lo avrei ucciso se lui l'avesse toccata ancora."

"È vero questo?" aveva domandato la seconda.

E per la prima volta da quando era cominciato questo fiasco di un regolamento di conti, Sal Green aveva mostrato segni di paura.

"Riesco a vedere che è così," aveva detto con calma la seconda.

Altrettanto con calma, sebbene con una velocità eccezionale, lei aveva tirato fuori un coltello.

Avevo capito l'intenzione della seconda e avevo lanciato del fuoco per creare un muro tra noi e l'edificio. Taylor non aveva bisogno di vedere Sal sanguinare.

Con un colpo rapido, la seconda di Sal aveva tagliato la gola al suo ex capo.

Diversamente dai draghi, i ratti avevano una durata di vita come i mortali ed erano soggetti alla morte come i mortali.

Oltre all'inettitudine di questa orda nell'accettare qualcuno così indegno di esserne il leader come Sal, oggi il problema basilare in ballo era la durata della loro vita mortale.

L'orda era popolata da creature mortali con un'aspettativa di vita tra i settanta e, forse, i cento anni. Loro non avevano ricordi del tempo in cui i draghi dominavano su tutti gli altri mutaforma.

Del tempo in cui eravamo dei re.

Quel tempo era passato da tanto, e non mi dispiaceva che fosse svanito nel mito.

Ma la specie dei draghi non era svanita.

Eravamo qui.

Eravamo forti.

E proteggevamo i nostri.

"Bain Tolliver!"

Merda. La mia donna era incazzata. Dovevo mettere fine a questo.

"Bain?" Il nuovo capo dell'orda aspettava che la riconoscessi.

"E tu sei?"

"Sasha." Aveva teso la mano. "Ritiriamo ufficialmente la nostra richiesta del regolamento di conti e apprezziamo il tuo equilibrio nel non voler perseguire rappresaglie per le false rivendicazioni di Sal."

Le false rivendicazioni di Sal, non dell'orda. Lei stava già facendo scelte migliori dell'uomo il cui sangue si era raccolto in una pozza ai nostri piedi.

Inoltre, io non avevo fatto alcuna promessa, ma

non avevo fatto discussioni. Non avevo intenzione di massacrare un gruppo di ratti perché avevano scelto un leader di merda. E quello non era nemmeno per deferenza verso il cuore sensibile e generoso di Taylor.

Non essendo un'idiota, a differenza di Sal, Sasha sapeva quando la sua orda era inferiore quanto a potenza di fuoco. Era anche una politica nata, perché prima che andassimo ognuno per la propria strada, mi aveva dato di straforo il suo biglietto da visita, sottintendendo che l'orda sarebbe stata disponibile a un rapporto più amichevole in futuro.

Almeno, sembrava che avessero avuto il loro lieto fine. Un capo migliore, un futuro più sicuro.

Io?

Quella era una domanda che doveva avere ancora una risposta. Mi ero trasformato.

38

TAYLOR

Non avrei perso la mia adorata mente, verde-come-un-Grasshopper-con-crema-di-menta-extra, per il mio uomo che se ne stava, nudo e crudo, davanti a un'altra donna.

Una donna che, a quanto sembrava, aveva appena fatto fuori Sal.

Forse, ai draghi piacevano quelle aperte manifestazioni di violenza.

Quello era un pensiero deprimente, specialmente perché Bain aveva lanciato una cortina di fuoco per bloccare l'atto mentre veniva compiuto, come se non potessi gestire un piccolo omicidio.

D'accordo...

In realtà, non avrei potuto gestire un piccolo omicidio. Vedere Sal ucciso mi avrebbe fatto venire gli incubi per settimane, anche se quello stronzo se lo era meritato. Aveva lasciato che la sua gente sparasse a Bain. Sparare! Come se questo fosse una specie di scontro finale da selvaggio West, uno dove tutti i ratti avevano armi da fuoco e Bain niente.

A parte il fuoco magico che strisciava tutto intorno come il fuoco in realtà non fa. E le squame antiproiettile. E gli enormi artigli. E le zanne da mostro.

In pratica, Bain era uno tosto, una macchina per uccidere con l'aspetto di un drago mutaforma.

Oh. Mio. Dio. Probabilmente, era come una droga per i ratti mutaforma. Quella donna, probabilmente, gli stava facendo avance sessuali in questo momento. Il vento era cambiato, e io non riuscivo a sentire una parola di quello che stavano dicendo.

"Bain Tolliver!" Quell'uomo doveva dare qualche spiegazione.

E io, semplicemente, non pensavo solo al fatto che stava mostrando il suo corpo, da dio del sesso, nudo e il suo batacchio alla donna ratto.

Volevo sapere perché mi avesse chiamata la sua compagna, e cosa cazzo quello significasse. Era meglio che significasse che lei non poteva fargli avance sessuali.

Mentre lui continuava a chiacchierare nudo – stavo pensando seriamente di dare alle sue bacche un'attorcigliata per rappresaglia, più tardi – avevo lanciato la domanda dalla piccionaia.

"Cosa significa, di preciso, quando parli di "compagna"?"

Archer sembrava addormentato, ma avevo visto il luccichio nel suo occhio sotto la palpebra per lo più chiusa, mentre seguiva il movimento in basso.

Tuttavia, ero rimasta sorpresa che fosse lui a rispondere. "Pensa al matrimonio, ma con un contratto che non si può rompere."

Dex aveva fatto un borbottio da drago che suonava come disapprovazione. E improvvisamente mi aveva colpito il fatto che, quando mi aveva riparata dietro la sua enorme ala, non avevo percepito alcuna traccia di odore da lui.

Niente fumo, niente cannella, niente lucertola. (Come se sapessi che odore ha una lucertola, o un drago, se è per quello.) Il suo odore era notevole nella sua assenza. Mi veniva da domandarmi se i draghi avessero una specie di camuffamento dell'odore. Proprio come potevano mescolarsi nell'area circostante occultandosi, forse potevano mascherare il loro odore.

Avrei dovuto chiederlo a Bain, più tardi.

Però – "Hai detto matrimonio?"

Poteva darsi che avessi strillato.

Dex aveva abbassato la testa come un cane che ha paura di prendere uno schiaffo sul naso. Poi aveva lanciato un'occhiataccia ad Archer. "Sei proprio uno spara-stronzate. Scusa il linguaggio, Taylor."

"È tutto a posto," avevo risposto automaticamente. Poi avevo fatto un respiro profondo, pronta a gridare il nome di Bain più forte che potevo, perché quell'uomo doveva portare quel suo culo squamoso su questo tetto e spiegare in questo preciso secondo cosa cazzo stava succedendo.

Era atterrato sul tetto, delicato come un gatto, sorprendendomi nel silenzio.

Mi aveva dato un'occhiata e aveva detto, "Te lo avrei detto."

"Siamo sposati come draghi, e tu non hai pensato che fosse il caso di dirmelo?" Avevo scosso la testa. "Cosa sto dicendo? Non hai pensato che fosse il caso di *chiederlo a me* prima?"

Aveva ripreso forma umana, e io mi ero resa conto che, in realtà, non mi importava. Stavamo scambiando due parole, che lui sembrasse drago, uomo, lucertola o alieno.

Il mio sguardo era sceso, e io avevo dato un'occhiata ai suoi pettorali, addominali e al meraviglioso cazzo. Anche quando non era in erezione, era bello.

Cominciava a venirgli duro, e io avevo forzato lo sguardo a risalire sulla sua faccia. "No, non lo avresti fatto. Rimettiti i vestiti. Subito, marito."

Dex aveva lanciato uno zaino in direzione di Bain con un unico artiglio, poi si era tirato indietro.

Avevo rivolto a lui il mio sguardo gelido. "Di cos'hai paura?"

I suoi occhi erano diventati enormi – non un'impresa da poco per un drago – e aveva scosso la testa.

Archer aveva sbuffato, e io avevo rivolto a lui il mio sguardo gelido. "Non hai nemmeno iniziato. Dex ha ragione. Sei uno spara-stronzate. Sciò. Tutti e due. Andate via."

Due draghi con l'espressione da cane bastonato avevano spiccato il volo dal bordo dell'edificio. Se non fossi stata così irritata, ne avrei apprezzato la bellezza. Erano tutta grazia blu-verde e potenza.

"Non siamo sposati come draghi," aveva detto Bain.

Mi ero voltata mentre lui si abbottonava i jeans e avevo mormorato, "Grazie, Signore, per i piccoli favori che mi concedi."

Bain aveva inarcato le sopracciglia.

Avevo tirato fuori il dito del vaffanculo, pronto a colpire, e mi ero resa conto che quello mi avrebbe messo a diretto contatto con la sua pelle nuda. "Maglietta."

Aveva appena incrociato le braccia... la qual cosa gli aveva fatto sporgere i bicipiti. Molto.

Il mio uomo non giocava lealmente.

Il *mio* uomo.

Cazzo, ero semplicemente scorretta come i maledetti draghi.

Tranne...

Bain era mio.

Lo conoscevo da settimane rispetto ai mesi di conoscenza di William, eppure Bain era più mio di quanto William non fosse mai stato.

"Aveva ragione, la donna ratto, quando ha detto che sono la tua compagna?"

Con gli occhi fissi su di me, Bain aveva annuito.

Il mio cuore aveva accelerato, e io potevo sentire il rapido pulsare del battito nel collo.

"Spiega in che modo non siamo sposati come draghi, quando Archer ha detto che è ciò che le compagne sono."

Bain aveva espirato e lasciato cadere le braccia ai suoi fianchi. Poi aveva tirato fuori, dallo zaino che aveva ai piedi, una maglietta nera e se l'era messa. "Non è come un matrimonio. È un legame più profondo di quello."

"E questo accade ogni volta che fai sesso?"

"No." Sembrava sconvolto al pensiero.

"Cosa, perché non abbiamo usato il preservativo?" Quando gli avevo chiesto se fosse pulito, intendevo dire se non aveva una malattia trasmissibile che avrei potuto prendere. Non avrei mai immaginato che avrei preso una forma mistica di matrimonio da draghi.

Chi lo sapeva che il matrimonio era contagioso?
"No."

Avevo alzato lo sguardo, confusa su ciò che stava negando, perché ero persa nel pensiero dei contratti come malattie contagiose. Una frazione di secondo dopo, mi ero resa conto che stava dicendo che questa faccenda del legame non era il risultato del sesso non protetto.

"Allora come?" Quello sembrava un buon punto di partenza. Sarei arrivata all'intera parte del "questo cosa significa?" in un minuto.

"Non ne ho idea." I suoi occhi verdi avevano brillato di un luccichio verde intenso.

Non lo sapeva. Ed era preoccupato.

Io non sapevo come facevo a saperlo, perché lui sembrava avere il suo solito Io feroce e intenso. Ma lo sapevo.

Il mio cuore si era spezzato.

Cosa che non avrebbe dovuto essere possibile, perché si supponeva che non ne fosse rimasto intatto a sufficienza da ferire.

E cosa mi importava se lui non voleva un matrimonio da draghi al quale non avevo acconsentito?

"Tu non vuoi questo." Perché era meglio rettificare. Gli adulti comunicavano. Questa ero io che comunicavo.

Il luccichio negli occhi di Bain era diventato ardente, e lui aveva ringhiato. "No, lo voglio. Voglio te. Più di qualsiasi altra cosa."

Il mio petto sembrava teso, e avevo difficoltà a prendere fiato. Non ero sicura di cosa stessi provando. Panico? Paura? Rabbia?

Forse... Sollievo?

William era stata una mia scelta. Ci eravamo frequentati per cinque anni. Si era dichiarato in ginocchio, con un grazioso anello di diamanti, aspettando con ansia che dicessi di sì. E lo avevo fatto. Avevo detto di sì.

Le cose non erano andate così bene.

"Spiega cosa significa, che tu e io siamo legati. E puoi sciogliere questo legame?"

Aveva serrato la mascella. "È quello che vuoi?"

Avevo alzato le mani in aria. "Non so cosa voglio! Non so nemmeno cosa ci è successo."

Aveva annuito, i lineamenti tesi. "Puoi andare. Quando vuoi."

Aveva ringhiato, e questa volta era chiaro che era infastidito. "Puoi *lasciarmi* quando vuoi."

Lo avevo studiato alla ricerca di qualche indicazione che non dicesse la verità. Archer aveva detto che si trattava di un contratto che non si poteva rompere. "Quindi, perché tutta questa ansia se possiamo separarci? E perché Archer ha detto che non lo si può rompere?"

"Il legame d'accoppiamento non può essere spezzato, non senza causare danno a me."

"Ma non a me." Quello sembrava... ingiusto. E sospettoso.

"Non credo."

Con le mani sui fianchi, avevo ripetuto la sua dichiarazione. "Non *credi?*"

Si era afferrato la nuca e aveva dato un'occhiata sulla cava – una vista che io stavo assiduamente evitando. "L'accoppiamento richiede il consenso. Si suppone che entrambe le parti *vogliano* il legame. E c'è una specie di cerimonia che lo consolida. Pensavo fosse necessaria per completare il legame, ma posso essermi sbagliato."

Tutto questo sembrava meglio definito rispetto a un contratto matrimoniale. "Non dovresti saperlo? Se questo accoppiamento è la versione per draghi dello steccato bianco, due figli e mezzo e un golden retriever."

I suoi occhi erano avvampati alla menzione dei figli, e io non avevo potuto fare a meno di ricordare quanto lui avesse apprezzato vedere la sua sborra colare dalla mia patatina.

Quanto io lo avessi apprezzato.

Non avevo potuto fare a meno di domandare, "Vuoi dei figli?"

"Molto." Aveva fatto una pausa. "E tu?"

"Sì." Avevo chiuso gli occhi. Lo volevo così tanto che avevo accettato di sposare un uomo che non amavo veramente.

Provavo di più per Bain di quanto avessi mai provato per William.

Molto di più.

Un'incommensurabile quantità di più.

Oh, Dio. Non solo mi sentivo possessiva nei confronti di Bain. Lui non era mio soltanto in senso fisico. Io ero *innamorata* di lui.

Pazzesco, volevo avere i suoi piccoli draghetti, non mi importava che ci conoscessimo soltanto da settimane anziché da anni in amore.

Oh, merda.

Specialmente, se Bain non provava la stessa cosa.

"Ti amo," aveva confessato il mio drago tosto. "Capisco se tu..."

Mi ero lanciata su di lui, e lui mi aveva presa.

A Bain piaceva scherzare e tentarmi. Non questa volta.

La sua bocca era dura e affamata sulla mia.

Il suo bacio c'era tutto.

Proprio come l'uomo.

Avevo spinto forte contro il suo petto.

Riluttante, lui aveva staccato la sua bocca dalla mia. I suoi occhi avevano quel verde luccichio brillante e ardente che significava che lui provava tutti i sentimenti.

Avevo le lacrime agli occhi. Dio, ero così fortunata. "Ti amo."

Un sorriso aveva cominciato a formarsi lentamente sulla sua faccia, finché non aveva fatto un largo sorriso da tipo strano.

Avevo posto fine a quello con un unico ordine. "Adesso baciami."

E lui lo aveva fatto.

Piuttosto meticolosamente.

Mi piacevano così tante cose di Bain, del modo in cui mi trattava. Cazzo, perché non mi ero resa conto che *lo* amavo?

Ero un'idiota.

Ma non rimuginavo. Come potevo?

Non riuscivo a pensare a nient'altro tranne che all'uomo che amavo, il quale al momento mi stava baciando alla follia.

Dopo parecchi minuti, le mie labbra erano diventate gonfie, la mia faccia sperimentava gli inizi di un'irritazione da barba e io mi stavo semplicemente rendendo conto che eravamo ancora sul tetto di un edificio.

"C'è qualche possibilità che questa faccenda dell'accoppiamento mi abbia resa più arrapata del solito?" avevo sussurrato contro il collo di Bain.

Lui aveva ridacchiato. "Stai cercando di dirmi che vuoi il mio corpo?"

Avevo sbuffato. "Come se tu non lo sapessi. Mi stavo solo domandando cosa significa di preciso tutta questa faccenda dell'accoppiamento."

Dopo un bacio sulla guancia e un'occhiata accigliata al rossore che la sua barba corta aveva lasciato lì, me lo aveva detto.

Essere legati per la vita – una vita molto *lunga* – tanto per cominciare. Per lui di sicuro, e probabilmente anche per me una volta che la cerimonia fosse stata completata. E sebbene quello non mi terrorizzasse, nel mio cuore dei cuori sapevo che Bain era il mio Lui. L'uomo per me. Il mio amore eterno.

Non che avessi avuto dubbi. Con Bain, non bisognava soppesare i sì e i no. Era un sì, fino in fondo.

Poi mi aveva parlato di una certa gratifica curativa assurda, che spiegava perché la mia povera patatina aveva avuto voglia di sesso così presto dopo la prima invasione da parte del suo cazzo mostruoso.

E poi avevo sentito del ruolo che la fedeltà aveva in un legame d'accoppiamento. I draghi erano una cosa sola con le loro compagne. Nessun tradimento, mai. Faceva persino parte della mitologia della loro cultura. Avevo sentito una certa storia su una donna drago di natura stregonesca che era stata tradita dal suo compagno drago e che aveva maledetto l'intera specie. Quello era il mito del suo popolo per spiegare la carenza di draghi femmina. Io sospettavo che fosse dovuto, molto più probabilmente, a un'anomalia genetica, ma d'altra parte, che ne sapevo io? Se i draghi erano reali, perché non le streghe e le maledizioni?

Avevamo deciso di restare per guardare il tramonto prima di dirigerci verso casa, per cui mi ero raggomitolata contro Bain – ben lontano dal bordo del tetto – mentre lui condivideva pezzi della sua vita che non aveva potuto condividere prima, quando non sapevo che fosse un drago.

"Come pensi che sia successo?" avevo domandato in un momento di calma.

"Il legame d'accoppiamento?"

Avevo annuito. Aveva spiegato in maniera più completa come funzionava il tutto. Che quando lui aveva capito che ero la sua compagna, la sua intenzione era stata farmi la corte e conquistarmi. Non si era reso conto che eravamo legati – almeno in parte – senza che entrambi lo sapessimo.

Era stato questo legame parziale che mi aveva permesso di vedere i draghi, e di ricordare di aver colto il luccichio dei suoi occhi. Molti umani, a quanto sembrava, non vedevano nemmeno quell'indizio magico, e quei pochi che ci riuscivano dimenticavano in fretta di averlo fatto.

"Non lo so. I miei genitori mi hanno spiegato come ha funzionato per loro, e questo è stato estremamente differente."

"I tuoi genitori..."

"Morti. Molto tempo fa, in un'inutile guerra che il tempo e la storia hanno dimenticato."

Mi ero stretta più vicino. "Mi spiace per la tua perdita."

Mi aveva baciato sulla testa. "Grazie, ma è

successo molto tempo fa. Non ho molta esperienza con i legami d'accoppiamento a parte i miei genitori. I draghi hanno difficoltà a trovare le proprie compagne."

"Effettivamente, ho notato che i tuoi amici sono entrambi single."

Potevo sentire il suo cenno d'assenso contro la mia testa. "Spero che siano altrettanto fortunati e trovino una compagna. Dex ha sempre desiderato ardentemente una compagna come lo desideravo io."

"Archer no?" Sembrava come se non ci fosse un lato negativo. Qualcuno con cui condividere la tua vita, qualcuno da amare e con cui avere bambini.

"Non saprei."

Avevo sbuffato, ricordando la conversazione che avevo avuto con Dex quando eravamo andati a casa mia in auto, prima, oggi. "Ho notato che non sputi fuoco."

"No, non so da dove sia venuto fuori quel mito. I draghi lanciano fuoco, con le mani o le code."

"Già, a proposito di quello... Quando Dex ha minacciato di bruciarti la punta della coda, intendeva in senso letterale?"

"Se pensi che sia la versione da draghi del detto "tagliare le palle a qualcuno", renderlo impotente, allora è un sì."

Mi ero fatta una nota mentale di far patire le

pene dell'inferno a Dex la prossima volta che lo avessi visto. Nessuno minacciava il lanciafiamme del mio uomo.

"Devo dirlo, il lancio del fuoco è un po' sexy. Non la parte della tortura." Avevo fermato Bain quando aveva iniziato a spiegare. "No, capisco. Sal meritava quello e di peggio. Era una persona terribile, e io so che stavi facendo del tuo meglio per non ridurre quel loro gruppo in un cumulo di cenere."

"Lo avevo promesso."

"Lo so." Avevo strofinato la guancia contro il suo petto. "Posso dirti che cosa mi ha realmente scioccata? Non riesco a credere che la donna ratto..."

"Sasha."

Avevo fatto un brontolio di disapprovazione. L'avevo vista dargli di nascosto un biglietto da visita.

"Quella donna ratto," avevo ripetuto, "ha ucciso Sal solo perché lui mi ha molestata in un bar. È folle."

Bain mi aveva baciato il naso. "Non è per quello."

"Ma tu hai spiegato come mi abbia toccata, e dopo lei lo ha ucciso." Gli avevo strofinato il petto, poiché sapevo che gli piaceva. "Posso non averlo visto, per via della tua cortina di fuoco, ma è stato evidente che gli ha tagliato la gola."

"Lo ha fatto, ma non perché lui ti ha toccata. Perché era stato dissuaso da te in chiari termini e poi ha trascinato l'orda in un confronto che sapeva di non poter vincere da solo."

"Li ha usati per motivi personali, così lei lo ha ucciso."

"In pratica."

Avevo gemuto. "Odio quando fai così. È come se ci fossero cinque livelli, e tu sei contento di condensarli tutti in uno solo."

"È complicato. Però hai tempo per imparare tutti i retroscena della politica dei mutaforma, se lo vuoi."

"Hmm. Penso di essere pronta per tornare a casa, adesso." Il sole era tramontato, e stava cominciando a fare freddo.

Non che Bain non stesse facendo un lavoro fantastico nel tenermi al caldo, ma ora che sapevo che la mia patatina aveva delle caratteristiche di guarigione magicamente veloci, ero pronta per un altro round... magari non su un tetto. Mi sentivo al sicuro con Bain, però... Forse un'altra volta.

Bain aveva recuperato il telefono dalla tasca anteriore dello zaino che Dex aveva lasciato per lui, e dopo avere picchiettato per qualche secondo, aveva detto, "La corsa condivisa sta arrivando. Dobbiamo soltanto incontrarli davanti al cancello."

Avevo annuito. "Probabilmente è meglio dopo tutta l'agitazione di stasera. Sono un po' stanca." E non c'era bisogno di dire che dieci minuti in aria,

anche se era Bain a fare tutto il lavoro, erano sfian-
canti per una persona che aveva paura dell'altezza.

Però... Era come se, in un certo senso, volessi cavalcare un drago. Il mio drago.

Mi ero morsa il labbro. "Pensi che..."

"Vuoi un passaggio fino al cancello? Sulla mia schiena?"

Mi piaceva che potesse anche leggermi nella mente in quel modo. "Mi piacerebbe molto."

"Non ti farò cadere."

"Lo so che non lo farai."

E così avevo cavalcato un drago.

Se quello non era il sogno di ogni ragazza che si realizzava, beh, allora quei sogni di ragazza avevano bisogno di una revisione.

39

TAYLOR

Era passata una settimana, poi due.

Poi tre.

Alla quarta settimana, avevo deciso che stava succedendo qualcosa.

Se non avessi saputo che Bain era un drago e che eravamo legati, avrei detto che stavamo insieme.

Eravamo andati a cena. Avevamo fatto sesso qualche volta sul divano nel suo ufficio. Stavo davvero sviluppando dell'affetto per quel divano.

Eravamo andati al cinema, a teatro e a una partita di baseball.

Lui mi aveva aiutata a tinteggiare e ad appendere gli scaffali nel mio ufficio di casa. Per lo più era stato lui a tinteggiare, e io mi ero limitata a indicare dove volevo gli scaffali.

Gli avevo svuotato il frigo e cucinato una buona

cena. Eravamo andati a fare shopping insieme, e lui mi aveva cucinato una cena ancora più buona.

Era tutto molto da appuntamenti e da relazione.

Specialmente la parte in cui non dormivamo mai separati.

Durante la settimana, dormivamo a casa mia. Bain si alzava presto per andare a correre o al lavoro, mi preparava una colazione calda dopo essersi fatto la doccia, poi andava al lavoro lasciandomi a lavorare nel mio ufficio di casa quattro giorni su cinque.

Nei fine settimana, stavamo a casa sua, in centro. Uscivamo per mangiare e divertirci, ma principalmente facevamo sesso. Molto sesso, soddisfacente e a volte atletico. Molte grazie al mio istruttore di yoga online per avere aumentato la mia flessibilità e la mia resistenza.

E in quel quinto giorno quando avevo ripreso a lavorare, mi ero intrufolata nel suo ufficio, all'ora di pranzo, per vedere se avesse avuto tempo per una sveltina sul divano da sesso.

Stavo cominciando a domandarmi se tutta quella faccenda dell'essere legata-a-un-drago non fosse altro che frutto della mia immaginazione.

Però, effettivamente sembrava che fossi in grado di fare una notevole quantità di sesso con un uomo che era notevolmente ben dotato.

E, stranamente, i tagli da carta sparivano in un battito di ciglia.

Avevo esaminato la punta del mio indice alla ricerca di qualunque traccia della piccola ferita che mi ero fatta ieri sera, quando avevo aperto la posta.

L'erezione mattutina di Bain spingeva contro il mio culo, e quando lui aveva sussurrato al mio orecchio, la sua voce era rocamente spigolosa per la passione. "Metti via quel dito. Non ho fatto niente per meritare di essere pungolato in maniera arrabbiata." Aveva gemuto mentre si stiracchiava, poi aveva sistemato il mio culo ancora più contro il suo uccello.

Buon Dio, quanto era sexy il mio uomo.

Io ero già bagnata. Era come se la mia patatina fosse condizionata a rispondere a ogni gemito sexy, contrazione, stiracchiamento, strusciata. In pratica, a qualunque contatto.

Ero bagnata e pronta per lui per un nonnulla.

Forse quello capitava soltanto quando il sesso era fantastico?

No, stavo cominciando a sospettare che fosse un effetto collaterale dell'essere accoppiati. Nessuno andava in giro ventiquattr'ore al giorno, sette giorni su sette, come se avesse appena ingerito afrodisiaci. Oppure sì?

Hmm. Forse la mia vita era stata semplicemente e incredibilmente noiosa, e per niente sexy, prima di conoscere Bain.

"Tesoro?" avevo detto.

Lui aveva emesso un brontolio-gemito felice. Gli piaceva quando lo chiamavo con dei nomignoli affettuosi. Era così divertente. Avrei potuto chiamarlo zuccherino o biscottino, e lui si sarebbe divertito. Chi lo avrebbe mai detto che un drago poteva essere un innamorato così sentimentale?

"Allora, c'è un motivo per cui non abbiamo parlato di quella faccenda del legame d'accoppiamento di cui mi hai detto?"

Il suo corpo era ancora contro il mio, e quando aveva parlato, il suo tono era stato prudente. "Pensavo che non ne avremmo parlato."

Mi ero girata tra le sue braccia, perché non avevo intenzione di avere questa conversazione con il suo cazzo duro che premeva contro il mio ingresso posteriore.

E poi avevo sospirato, perché come riusciva ad essere sempre così sexy, sebbene scarmigliato dal sonno, al mattino?

Sembrava che al mattino quell'uomo non avesse mai gli occhi gonfi. E non c'era nemmeno un giorno in cui avesse i capelli in disordine.

Io ero consapevole dei miei occhi gonfi e dei capelli in disordine al mattino, tranne quando mi placcava religiosamente nelle prime ore come se non riuscisse ad averne abbastanza.

"Tu pensavi che non ne avremmo parlato... perché *tu* non vuoi parlarne?"

Sembrava sorpreso. "No. Pensavo che tu non lo avresti fatto." Aveva sbattuto le palpebre e si era sfregato gli occhi. "Lo avresti fatto?"

"Beh, certo." Come poteva pensare diversamente? Non ero semplicemente innamorata di lui. Lui era l'amore della mia vita, e io glielo avevo detto. Parecchie volte.

"Di cosa dovremmo parlare, esattamente?" aveva domandato.

Quanto più chiara avrei dovuto essere? Forse avremmo dovuto avere questa conversazione dopo che lui si fosse preso una tazza di caffè. Oppure avere finito la sua corsa mattutina.

"Delle istruzioni-su-come-lo-facciamo, caro."

I suoi occhi si erano illuminati, e aveva fatto un largo sorriso come un bambino.

Il mio intenso, feroce drago sembrava niente di meno che felice.

40

BAIN

Mia.

Dopo la sera del regolamento di conti, ero stato prudente. Taylor era un dono prezioso, e io non avevo intenzione di perderla perché volevo che fosse mia, completamente e interamente, *subito.*

Tuttavia, lo volevo, così sentire che era pronta era come vincere di nuovo la lotteria dell'amore.

"Sei sicura?"

"Certo che sono sicura. Ne sono stata sicura. Quante volte devo dirti che sei l'amore della mia vita per farti credere che sono sicura?"

Oh.

Amavo le sue parole d'amore.

Proprio come amavo i suoi nomignoli affettuosi e il modo in cui mi accarezzava il petto con l'affetto che brillava nei suoi occhi, e il modo in cui si illuminava ogni volta che entravo in una stanza.

Ma niente di quello mi diceva che lei voleva completare un rituale che ci avrebbe legati completamente, anima ad anima, per il resto delle nostre vite.

"Avevo bisogno delle parole, dolcezza."

"Ti amo. Ti voglio. Sono la tua compagna. Ti prego, rendilo ufficiale." Aveva alzato lo sguardo su di me, i suoi occhi grigio-blu inteneriti dall'amore... e un po' gonfi per il sonno. "Queste parole sono sufficienti per te?"

"Come ho fatto ad essere così fortunato?"

"Che buffo," aveva risposto, "io stavo pensando esattamente la stessa cosa."

Avevo provato a baciarla, ma lei aveva gridato ed era saltata giù dal letto. "Bagno, prima," aveva gridato di spalle.

Meno di due minuti dopo, era saltata sul letto e mi aveva placcato, con il fiato che sapeva di collutorio alla menta.

Per me sapeva di paradiso, un fatto del quale non potevo convincerla, sebbene lei ammettesse che io sapevo sempre di fumo e cannella e peccato. Qualunque fosse il sapore del peccato.

Mentre la bocca di Taylor incontrava la mia, mi ero ricordato quale sapore avesse il peccato.

E l'amore.

Sapeva di aria pura, pulita, con un accenno di ciliegia.

Il profumo di fiori di ciliegia non era il suo shampoo. Era semplicemente lei.

L'aria più pura, i fiori di ciliegia e l'amore. Quello era Taylor.

Ci eravamo baciati, e mentre la facevo rotolare sotto di me, avevo aperto il cuore all'amore della mia vita, la donna dei miei sogni, la mia compagna.

Il legame tra anime gemelle non avveniva spontaneamente. Affinché potesse iniziare un legame, doveva esserci accettazione da entrambe le parti.

Ma il completamento del legame era un atto intenzionale.

"Vuoi essere la mia compagna?" avevo chiesto.

"Sì." Suonava come una supplica che veniva direttamente dal *suo* cuore.

Avevo fatto una pausa, la punta del mio uccello bussava alla sua porta. Solo quando lei aveva spinto i fianchi in avanti, cercandomi, ero entrato dentro di lei. Una spinta e il caldo calore di lei mi aveva avvolto dalla base alla punta.

Ero caduto in avanti, sopraffatto dal dolce piacere della sua forte stretta su di me. Avevo lottato per prendere il controllo, impresa non facile essendo circondato dal suo calore stringente.

Lei aveva guaito e ondeggiato, e poiché non mi

ero mosso immediatamente, aveva detto, "Che c'è dopo?"

Avevo spostato il mio peso, in cerca di maggiore appoggio, e mi ero ritirato, quasi fino alla punta, sbattendo di nuovo dentro di lei, con le palle che cozzavano contro di lei con forza. Non faceva parte del rituale, lo avevo fatto semplicemente perché non potevo *non* farlo.

I suoi occhi, così teneri e amorevoli prima, ora ardevano di passione. Avevo sostenuto il suo sguardo mentre lasciavo che il mio fuoco crescesse. Fuoco verde, la forma più vera della mia magia, che mi riempiva fino a traboccare.

Lei mi aveva guardato, fiduciosa, amorevole. "Brucerà?"

"No, dolcezza, non come intendi tu."

Con l'uccello sepolto dentro di lei e il cuore spalancato, avevo lasciato che il fuoco ci inondasse entrambi.

Avevo cominciato a muovermi, il mio corpo prendeva il controllo.

Lei aveva gemuto e stretto a pugno le lenzuola tra le sue piccole mani mentre io spingevo, ancora e ancora. I suoni dei suoi gemiti ansimanti mi rende-vano frenetico.

Quando non ero più riuscito a trattenere l'orga-smo, avevo ansimato al suo orecchio, "Ti amo."

Poi, con le palle profondamente dentro la mia

dolcezza, avevo affondato le mie zanne d'accoppiamento nella carne della sua spalla.

Lei aveva urlato e mi aveva spremuto l'uccello mentre veniva.

Io avevo spinto una, due, tre volte e poi ero crollato su di lei.

La magia era rimasta sospesa, scintillando nell'aria intorno a noi.

Non che potessi vederla con gli occhi chiusi, però potevo percepirne l'energia e gli schiocchi.

"Oh. Mio. Dio."

Avevo sorriso nel suo collo. Quell'accento del sud era venuto fuori nel più dannato dei momenti.

"Mi sento tutta formicolante."

"Uh-huh." Non riuscivo ancora a farmi aprire gli occhi; il torpore post-coitale combinato con l'esborso di tutta quella magia mi stava travolgendo. Però mi ero girato cosicché Taylor fosse distesa sopra di me.

"E il collo non mi fa affatto male." Avevo aperto gli occhi, trovandola che mi studiava la bocca. "Mi hai morsa, vero? Non è stata un'allucinazione quando sono stata travolta da fiamme verdi e poi morsa?"

"Nessuna allucinazione." Avevo sorriso e l'avevo abbracciata pigramente tirandola più vicino.

"Stai bene, tesoro?" Non avendo confermato immediatamente la mia salute eccezionale, lei mi aveva guardato in malo modo. "Seriamente, Bain. Sembri distrutto."

"Uh-huh. C'è voluta molta magia. Starò bene dopo un sonnellino." E un lauto pasto e almeno tre giorni per ricaricare la mia magia.

Le sue dita mi avevano spinto il labbro all'insù, ovviamente per cercare le zanne. Non avendone trovate, mi aveva baciato con tenerezza.

"Dove sono andate le tue zanne?"

"Via, per non farsi più vedere. Scendono soltanto quando un drago si accoppia."

Le sue labbra si erano arricciate da una parte. "Cosa che fai solo una volta."

Sembrava soltanto un po' preoccupata, per cui mi ero risvegliato dal sonno dal quale cercavo di farmi sopraffare. "Una volta. Solo con te. Nessun'altra. Tu sei la mia ragazza. Per sempre. Il mio amore."

Mi ero addormentato con la mia compagna raggomitolata contro il mio petto e l'immagine del suo sorriso caloroso e soddisfatto.

EPILOGO: TAYLOR

"Ommioddio, è Susie!" avevo sussurrato-gridato.

"Susie?"

"Nascondimi!"

Era troppo tardi. Lei mi aveva vista, e la stramba cavalca-cazzi-a-matita in realtà stava venendo nella mia direzione seguendo una linea retta.

"Un bel cambio, sorella," aveva detto Susie con un'occhiata di ammirazione per Bain, mentre arrivava davanti a noi. "Ti spiace darci un minuto?" gli aveva chiesto.

Quello aveva stimolato abbastanza curiosità da cacciare via Bain.

Se i draghi maschi potevano alzare gli occhi al cielo teatralmente senza in realtà alzarli, Bain lo aveva appena fatto, ma ci aveva anche lasciate sole nel nostro angolino da Derek's.

Non era andato lontano, e probabilmente riusciva a sentire ogni parola con quel suo fottutamente buono udito da drago che aveva, però era abbastanza sufficiente.

"Sono davvero dispiaciuta," aveva detto non appena Bain se n'era andato. Dovevo essere sembrata sorpresa, come mi sentivo, perché lei aveva riso. "Pensavi sapessi che il tuo ex, quel ratto-viscido, aveva una fidanzata? Uh, no. Magari per te non era ovvio, vedendo come ci siamo conosciute, ma non mi interessano affatto i traditori. Quando uno è un traditore..."

"Resta un traditore per sempre. Sì, mia nonna lo diceva di continuo."

"Mia madre. E lei, di solito, aveva ragione su questo genere di cose." Aveva sfoggiato un sorriso triste. "Quattro matrimoni dovrebbero far capire a una donna come stanno un po' le cose."

Improvvisamente, mi ero sentita veramente da schifo per tutti i pensieri negativi che avevo avuto nei confronti di questa donna. *Lei* non aveva tradito.

L'etichetta di tettine microscopiche era particolarmente terribile, e probabilmente veniva da una posizione di insicurezza (vederla cavalcare il mio ex di schiena, come una cowgirl, non era stato d'aiuto) e di gelosia (lei aveva una figura fenomenale, molto diversa dalla mia).

Era ora di fare la donna responsabile.

Avevo teso la mano. "Sono Taylor Adams, una donna che al momento non è sposata con un rattoviscido d'uomo, perché è successo che lo abbia colto in flagrante nell'atto con una donna ignara."

Lei aveva riso e stretto la mia mano. "Maledizione. Sembro una fottuta eroina se la metti in quel modo."

"Probabilmente non mi spingerei così lontano, ma dammi un altro mese o due – o un altro whiskey – e probabilmente sarò d'accordo."

I suoi lineamenti animati avevano assunto un'espressione più pensierosa. "Giusto perché tu lo sappia, gli hai fatto venire una bella strizza."

Il suo commento era giunto talmente inaspettato che mi ci era voluto un secondo per capire quello che stava dicendo. "William?"

"Ragazza, tu sei talmente oltre il suo livello, e lui lo sapeva. E non sto parlando solamente del tuo corpo da sballo. Oltre ad essere completamente stupenda e più in gamba di lui, hai anche un rapporto grandioso con la tua famiglia. Penso che lui non fosse in grado di gestire..." Aveva fatto un cenno con la mano che mi racchiudeva – "tutto questo."

Ero arrossita, ma poi mi ero resa conto di cosa implicasse il suo commento. "Ha *parlato* di me?"

Mi aveva lanciato un'occhiata imbarazzata. "Sì, ma ha detto che eri la sua ex." Aveva arricciato il naso. "Sono uscita con lui per, quanto, tre settimane? Forse quattro? Sono un'idiota, lo so."

"No, Susie. Lui è l'idiota. Aveva l'opportunità di stare con due donne davvero grandiose, e l'ha sputtanata con entrambe."

Mi piaceva poter lasciar uscire una buona parolaccia senza trasalire. Ero anche grata che Susie avesse avuto il coraggio di venire diritta da me e iniziare una conversazione... dopo che l'avevo vista cavalcare l'uccello a matita del mio ex.

In preda a un capriccio improvviso, avevo sorriso e detto, "Dovremmo prendere un caffè."

"Caffè, huh? Facciamo qualche shot di tequila e ci sto."

Avevo accettato, sebbene non stasera – avevo un drago sexy-da-morire dal quale tornare – così ci eravamo scambiate i numeri.

Bain era apparso dopo che Susie se n'era andata con andatura rilassata in direzione del bar e di un gruppetto di altre donne che sembravano divertirsi un casino. Io avevo fatto un saluto con le dita quando lei si era guardata alle spalle e con la mano aveva fatto il gesto come per dire "chiamami".

"Hai appena preso un appuntamento per bere con la donna con la quale il tuo ex andava a letto quando eravate fidanzati."

"Non è favoloso?" avevo detto, subito prima di abbassargli la testa e baciarlo come una pazza.

EPILOGO: BAIN

La mia donna voleva andare da Derek's per il nostro anniversario dei sei mesi.

Sei mesi dal giorno in cui ci eravamo conosciuti, non dal giorno in cui ci eravamo accoppiati. E quello era il motivo per cui il posto doveva essere Derek's, perché era *dove* ci eravamo conosciuti. Questa era la sua logica, ma io non avevo intenzione di discutere con lei se quello la rendeva felice.

Inoltre, lo aveva fatto sembrare come se un anniversario di sei mesi fosse un'importante pietra miliare della nostra relazione.

Mi era piaciuto ogni giorno, ogni momento trascorso con lei, ed ero felice di festeggiare qualunque cosa che avesse a che fare con il nostro stare insieme. Cazzo, ero felice di fare pressoché qualsiasi cosa che rendesse *lei* felice.

La mia preferenza sarebbe stata un altro posto per stasera, ma solo perché avevo in tasca un anello che doveva essere al suo dito prima che la serata fosse finita, e Derek's non era l'ambiente più romantico.

Avevo pensato di aspettare un momento e un posto migliori, ma avevo soppesato tutti i fattori contribuenti e avevo deciso che Taylor, stasera, avrebbe ricevuto una proposta di matrimonio, fosse stato anche nel parcheggio di un dive bar.

Lei mi amava.

Sarebbe andata bene.

Merda, magari non sarebbe andata bene.

Ero nervoso da morire.

Avevo toccato l'anello nella mia tasca per, probabilmente, la decima volta nell'ultima mezz'ora.

Avevo aspettato, ma...

Quest'ultima settimana, lei aveva chiesto ad Archer se i draghi credevano nel matrimonio. Ad Archer, non a me.

E poi, il giorno dopo, aveva interrogato Dex sui matrimoni dei draghi. La sposa indossava un vestito bianco a sbuffo? C'era la torta? Cose di quel genere. Dex, non me.

E aveva messo bene in chiaro che, per lei, questo anniversario dei sei mesi era importante. Lo aveva messo bene in chiaro per tutta la settimana.

Così, avevo tirato fuori l'anello acquistato due

mesi fa, mi ero fatto tagliare i capelli e avevo acquistato una nuova camicia elegante blu, il suo colore preferito.

Ero pronto.

Ero *stato* pronto.

Nella mia mente, l'accoppiamento era un impegno molto più grande che non il matrimonio. Ma il matrimonio era una tradizione umana che sembrava essere molto importante per Taylor, così eccomi qua, pronto a fare la mia proposta – e più nervoso di quanto fossi stato dalla mia ultima battaglia drago-contro-drago, un secolo fa.

E poi ci eravamo imbattuti nell'avventura del suo ex, Susie.

Quante probabilità c'erano?

Avevo lasciato Taylor a parlare con lei, ma le tenevo d'occhio. Susie non era soltanto l'avventura dell'ex di Taylor. Era anche una specie di strega. Quello era un segreto che la strega doveva mantenere, non come il mio da rivelare, però non avevo intenzione di concedere loro alcuna privacy per la loro chiacchierata.

La cosa era... strana. Sembravano andare abbastanza d'accordo per essere due donne che avevano scopato lo stesso tizio allo stesso tempo.

E ora io volevo decapitare il suo ex, preferibilmente dopo avere arrostito a fuoco lento le viscere che sarebbero venute fuori dal taglio al ventre che prima gli avrei fatto.

Forse stasera non era la sera giusta.

Potevo aspettare fino al nostro dodicesimo mese di anniversario. Se sei mesi fossero andati bene, allora dodici sarebbero potuti andare meglio.

Però restava ancora tutto quel parlare di nozze e matrimonio.

Non ero sicuro.

Detestavo l'incertezza.

Una volta che Susie era tornata al suo capannello di amiche, nessuna delle quali sembrava essere una strega o possedere magie di qualche tipo, ero tornato al fianco della mia donna.

"Hai appena preso un appuntamento per bere con la donna con la quale il tuo ex andava a letto quando eravate fidanzati."

"Non è favoloso?" aveva detto, subito prima di appoggiarsi a me alzandosi sulle punte dei piedi e tirarmi giù la testa.

Mi aveva baciato come se non fossimo in pubblico, con le mani che vagavano dappertutto, calde e bramose.

Poi si era tirata indietro e aveva fatto un largo sorriso.

Aveva alzato la mano, reggendo l'anello che si trovava nella mia tasca.

Le sue labbra avevano formato una "O" di

sorpresa che era palesemente falsa. "Oh, accidenti, questo cosa potrà mai essere?"

Avevo chiuso gli occhi.

Lei sapeva che avevo comprato l'anello.

Probabilmente, subito dopo che lo avevo scelto e portato a casa.

Ero un completo idiota.

Avevo aperto gli occhi quando avevo sentito le sue dita strofinare il mio petto avanti e indietro.

"Ho rovinato la tua sorpresa?" Non sembrava pentita.

Avevo scosso la testa e domandato, "Ho rovinato la tua proposta?"

Di sicuro, avevo in mente qualcosa di più romantico.

Lisa aveva dei girasoli, i fiori preferiti di Taylor, sotto il bancone. E Dex avrebbe dovuto ormai avere finito di addobbare la mia auto con le catene di luci.

Avevo cominciato a mettermi su un ginocchio. Forse sarei riuscito a salvare...

"Non azzardarti."

Mi ero fermato. "Non vuoi che mi dichiari?"

Quel nervosismo che provavo prima era niente in confronto a quello che stavo provando ora.

Lei mi aveva dato un ceffone sul petto. "Non così. E poi, la risposta è sì." Aveva fatto scivolare l'anello sul dito, e lo aveva guardato come si doveva per la prima volta.

Aveva le lacrime agli occhi ed era sul punto di piangere. "Oh, Bain. È così bello."

Quindi, lei sapeva che avevo comprato un anello, ma non che aspetto aveva.

La mia compagna poteva essere una donna complicata.

Si era guardata intorno furtivamente, poi aveva sussurrato, "Ha quasi lo stesso colore delle tue squame."

Quella era stata la mia intenzione. Avevo annuito.

Per trovare uno zaffiro blu-verde, di origine eticamente sostenibile, che avesse esattamente la giusta sfumatura e una qualità sufficientemente elevata per la mia donna, mi ci era voluto circa un mese. Un gioielliere locale mi aveva aiutato, e io ero rimasto piuttosto soddisfatto dell'anello che aveva creato.

"Lo adoro." Aveva tirato su col naso. "Adoro *te*." Poi si era gettata tra le mie braccia.

"Non è proprio l'ambiente romantico che avevo pensato inizialmente, però ho fiori, luci decorative e champagne."

Mi aveva baciato sulla guancia, poi aveva detto, "Hai parlato con mio padre?"

Il panico aveva colpito di nuovo.

Non lo avevo fatto. Non ci avevo neanche pensato. Michael Adams non era il tipo d'uomo che avrebbe parlato per la sua supponente figlia. Quell'uomo aveva buonsenso.

Lei mi aveva coperto la bocca, ma non era riuscita a bloccare l'ansito di risata che era sfuggito. "Oh. Mio. Dio. L'espressione sulla tua faccia. Buffissima. Dirò sicuramente a mio padre di questo. Ne sarà molto felice."

"Non si arrabbierà per il fatto che prima non ho chiesto la tua mano? Non sei turbata?"

"Signore, no. Ti avrebbe semplicemente detto di chiedere alla persona interessata." Mi aveva dato un colpetto. "Che sarei io, nel caso in cui non fossi sicuro."

"Tu sapevi che avevo comprato l'anello."

Aveva annuito. "E poi non avevi chiesto, così ho pensato che avresti potuto avere bisogno di una spintarella."

"Non ero sicuro che tu fossi pronta." Almeno, io non lo ero stato finché lei non aveva iniziato a parlare di matrimonio e nozze con i miei due migliori amici.

Sapevo che il matrimonio era importante per lei, ma sapevo anche come si sentisse riguardo al suo fidanzamento precedente. Ripeto, la mia compagna poteva essere una donna complicata.

"Bain, non so quante volte te lo devo dire, ma continuerò a dirtelo finché non ti entrerà in quel tuo grosso cervello sexy. Ti amo. Sei l'amore della mia vita. Sei il mio amore eterno."

Poi aveva gridato. "E adesso devo organizzare un matrimonio!"

Come facesse a scaldarmi e a farmi eccitare e a farmi venire voglia di ridere, il tutto allo stesso tempo, non lo sapevo.

In realtà, sì, lo sapevo.

Lei era la mia compagna. Il mio amore. Il mio per sempre.

EPILOGO: DEX

I venti del fato stavano cambiando?

La maledizione si stava indebolendo?

Avevo sentito parlare di un altro drago, da qualche parte ad ovest, che recentemente aveva trovato la sua compagna. Due draghi accoppiati in meno di un anno.

Forse per noi c'era ancora speranza.

Come gruppo, eravamo un insieme patetico. Qualche fanalino di coda raggruppato qua e là. Molti di noi erano isolati e vivevano un'esistenza piena di solitudine, la nostra speranza di avere una compagna e dei figli diminuiva ad ogni anno che passava.

Bain voleva una compagna così disperatamente al punto da convincersi che la sua precedente ragazza fosse La Prescelta.

Se la donna non fosse morta, ci sarebbe stato da ridere. Non c'era alcun legame, a livello di anima, tra i due. Lei era stata una stronza manipolatrice che aveva capito abbastanza della nostra storia da poter prendere per il culo Bain. Per soldi? Bain ne aveva molti. Potere? Meno probabile, ma non impossibile. Le sue motivazioni erano state torbide, e ora lei non c'era più, cosicché non lo sapremo mai.

Ringraziamo il fato per Taylor.

Bain, da uomo così disperato per una compagna al punto da permettere a sé stesso di diventare preda di quelle come Cynthia, era diventato un uomo convinto che non avrebbe mai trovato lo sfuggente premio che tutti noi cercavamo. Ma Taylor aveva cambiato tutto quello.

Lei era un dono. Non uno che io bramassi, sebbene anch'io desiderassi una compagna tutta mia. Tutti la desideravamo.

In realtà... non tutti.

Non Archer. Lui affascinava le donne. Giocava con loro. Le soddisfaceva, se si doveva credere alle storie. Ma non cercava la sua compagna tra loro. C'era da sperare che non sarebbe stato così caparbiamente cieco da ignorarla se gli fosse piovuta dal cielo ai suoi piedi.

Diversamente da Bain prima di Taylor, io non ero disperato né angosciato. Ma diversamente da Archer, stavo cercando.

Lei era lì fuori, e io l'avrei trovata.

FINE

Grazie per avere letto la storia di Bain e Taylor! Per una sbirciatina nella vita di Bain prima di *I Draghi lo Fanno Sporco*, leggete *Un Tocco di Malvagio* (in *Le Cacciatrici di Mostri: Quattro Storie d'Amore Van Helsing*), un sensuale racconto breve urban fantasy.

Bain compare come il cattivo, ma non preoccupatevi! Lui non è così terribilmente cattivo, e inoltre avrete l'occasione di conoscere una delle grandiose sorelle Van Helsing.

Lui è puntuale.

Io penso che cinque minuti di ritardo significhi puntualità.

Lui è un ingegnere.

Io racconto storie per guadagnarmi da vivere.

Lui è umano.

Io no.

Una vampira misantropa (io) conosce un umano restio a impegnarsi (lui) e volano scintille. Ma umani e vampiri non intrecciano relazioni... giusto?

Avvertenza dell'autrice: questo libro contiene bravate erotiche umani/vampiri e abbastanza parole sconce da far arrossire qualcuno (non lei) e racconta di una vampira che segretamente (in fondo, in fondo, molto in fondo) desidera essere amata.

VOGLIO MORDERTI IL...

Una vampira ossessionata dagli elenchi con l'amore per le regole (lei) conosce uno schianto non-proprio-umano con troppi segreti (lui) e per lo più fanno lo yoga nudi. Ma non sono compatibili sotto tutti gli aspetti adulti che una vera relazione richiede... o lo sono?

Voglio morderti il...

Qualsiasi cosa. Tutto. Perché mi fai impazzire e mi fai sentire speciale.

Non dovrei essere attratta da te, ma lo sono.

Sei un bambinone. Un ragazzo che non è mai diventato un adulto. Un musicista barista che non saprebbe cosa sono una buona assistenza sanitaria e un piano pensionistico neanche se ti mordessero quel tuo culo delizioso.

E custodisci dei segreti. Su chi sei, forse su che cosa sei.

Sei tutto quello che evito negli uomini. Non corrispondi a nessuno dei miei criteri per uscire con qualcuno.

Ma il sesso non è uscire con qualcuno... giusto?

Una vampira ossessionata dagli elenchi con l'amore per le regole (io) conosce uno schianto non-proprio-umano con troppi segreti (lui) e per lo più facciamo yoga nudi. Anche il sesso. Il sesso lo facciamo, decisamente. Ma è tutto quello che abbiamo. Non siamo compatibili sotto tutti gli aspetti adulti che una vera relazione richiede. O lo siamo?

Avvertenza dell'autrice: questo libro contiene bravate erotiche vampira/non-proprio-umano, abbastanza parole osé da far arrossire qualcuno (non io) e una vampira che desidera il suo vissero felici e contenti, ma che non necessariamente lo riconosce quand'esso la fissa negli occhi.

LE CACCIATRICI DI MOSTRI
QUATTRO STORIE D'AMORE VAN HELSING

Quattro avventure piccanti con le sorelle Van Helsing a caccia di mostri! Mariah, Mia, Morgan e Tilly incontrano ciascuna il loro possibile lieto fine in queste sensuali storie piene d'azione.

Un Tocco di Selvaggio: Mariah è una cacciatrice di mostri che ha bisogno di aprire gli occhi quel tanto che basta per vedere l'uomo di fronte a lei. Barrett è più del morso bestiale che lo ha infettato.

Un Tocco di Follia: Mia è una cacciatrice di mostri con una cotta per un ragazzo... o forse un'ossessione mite, ma decisamente non da stalker, e Dylan è un umano sexy con glutei d'acciaio e un adorabile aspetto da cavaliere bianco.

Un Tocco di Malvagio: Morgan è una cacciatrice di mostri solitaria che ha bisogno di un partner più di quanto si renda conto, e Aiden è uno stregone del ghiaccio tutt'altro che freddo.

Un Tocco di Peccato: Tilly è una cacciatrice di mostri incazzata, la cui missione è farla pagare al suo sessualmente attraente capo, e Rafe è un ex cacciatore scontroso con una cotta per la sua dipendente.

Le donne Van Helsing sono senz'altro grandiose cacciatrici di mostri, ma condividono una debolezza comune: uomini sexy con un tocco di vena dominante in camera da letto. Unisciti alle sorelle Van Helsing mentre incontrano i loro sexy partner alfa!

NOTE

3. Taylor

1. In originale: "So, your name's Bain? Like the bane of my existence?" Bain e bane si pronunciano allo stesso modo. (NdT)

www.ingramcontent.com/pod-product-compliance
Lightning Source LLC
LaVergne TN
LVHW020315200726
843507LV00012B/2107